帝室宮殿の見習い女官

見合い回避で恋を知る⁉

小田菜摘

講談社
タイガ

イラスト――青井　秋
デザイン――長崎　綾（next door design）

目次

海棠妃奈子《かいどうひなこ》
華族女学校を卒業。望まない見合いを
回避するため、宮中女官の採用試験を受ける。
高辻純哉《たかつじすみや》
帝大卒業後、宮内省勤務に。
奥羽出身。涼宮の侍官。

登場人物紹介

イラスト 青井秋

涼宮《すずのみや》・梢子《たかこ》内親王《ないしんのう》

今上の伯母。
長身、美貌の麗しき摂政宮。

月草《つきくさ》

内侍。妃奈子の世話親となる。
華族女学校では涼宮のご学友。

帝室宮殿の見習い女官

見合い回避で恋を知る!?

第一話

三月中旬の帝都。梅花の薫りがただようその日は、華族女学校の卒業式である。

磨《み》き抜《が》かれた硝子《ガラス》窓から見える空は春とは思えぬほど青く澄み切っており、そのぶん空気も冷たい。白塗りの壁にマホガニー色の木材を張り巡らせた大講堂内の空気は、じっとしていることが耐えられないほどに冷え冷えとしている。

海棠妃奈子《かいどうひなこ》はすっかり冷たくなった指をもみしだき、白い息を吐《は》きかけた。

芳紀十八。彫りの深い顔立ちの中でも、特に切れ長のアーモンド形の目が印象的な、すらりとした肢体を持つ瀟洒《しょうしゃ》で美しい乙女である。けれどその桃の花弁のような唇《くちびる》は、卒業という門出に似つかわしくなく不機嫌に尖《とが》っている。

（まったく、しもやけになってしまうわ）

こうも寒くては、じっと座っていることは甚だ苦痛である。さほど活動的な性質《たち》でもない妃奈子が、動き回ったほうがいくらか気も紛《まぎ》れるにちがいないと考えたほどだ。

それにしても、なぜ他《ほか》の生徒達《たち》は平然と身震いひとつせずにいられるのか。ひょっとして着物の下に懐炉でも忍ばせているのだろうか。だとしたら自分一人が抜かってしまったのだと、色白で表情の乏《とぼ》しい同級生達の横顔を恨めし気に見回したりもする。

結局、誰一人とも親しく話すことはなかった学生生活だったと、後悔よりも諦観《ていかん》の思いばかりが胸に残る。

華族女学校の卒業生の数は、入学時の生徒数と大きく隔《へだ》たる。それは単純に退学者が多いからだ。

退学の理由はいくつかある。一高生とカフェにいるところを見咎められたなどのありそうな話から、政治結社の集会に顔を出したなどの過激なものまで、内容に差はあれどいわゆる素行不良による場合。あるいは良妻賢母を育てる校風があわぬとの理由で、自主退学を決めたという奔放な者もごく少数はいたらしい。

ただ自分が在学していた三年間に、そんな生徒は一人もいなかった。もっとも帰国子女の妃奈子は編入生なので、その前のことは知らない。そういう我が強い学生は、あわぬと分かれば早いうちに退学を決断してしまっていたのかもしれない。

退学の大方の理由は、結婚に関係するものだった。婚約が決まったので花嫁修業に専念するため。あるいはもっと先をいって、先方の強い希望により再来月嫁入りをすることになった、などである。結婚のために学業を中断することは、華族女学校の生徒にとってしごくとうぜんの成り行きだった。そもそも女子の教育は彼女達の知識を育《はぐく》むためではなく、家庭において子に上質な教育を施すためにあるとされている。

いまこうして広い講堂に並んでいる同級生達も、半数以上はすでに婚約が調っていると聞く。下げ髪に海老茶色《えびちゃいろ》の行灯袴《あんどんばかま》（女袴）という典型的な女学生スタイルも、来年の今頃にはほとんどの者が束髪に若妻らしい華やぎと落ち着きを兼ね備えた小紋かお召《めし》にと変わっているのだろう。

他人事ではなく、妃奈子自身もその一人になりかねない状況にいた。しかも相手は三十も年長で、すでに成人した子供がいるやもめである。その条件を聞いただけでも嫌だったのに、先日渡された見合い写真に写る、どこから見ても洗練されたとは言《い》い難《がた》いずんぐりとした中年男を思いだすと、妃奈子の心は暗澹《あんたん》たるもので塞《ふさ》がれてゆく。

ああ、いやだ、いやだ。なんとかしてこの見合いから逃れる術《すべ》はないものかと、気がつけば四六時中そんなことばかりを考えている。

そうやって嫌悪と怒りを募《つの》らせてゆき、それが極限に達しかけると、まるでその間を見透かしたように、慰めるとも宥《なだ》めるともつかぬ母の声が耳の奥で響くのだった。

『貿易商を営まれておられる伊東《いとう》さまは、外国人との交流も多い方。あなたのようなエクセントリックな娘でも、おおらかに包み込んでくださるはずよ』

母に言わせれば、妃奈子はだいぶ〝エクセントリック〟であるらしい。

外交官であった父は、欧州の国々を歴任した。妃奈子は生まれこそ日本で、言葉を習得する年齢までは母国で育ったものの、それ以降の思春期をすべて欧州で過ごした。イギリスとフランス、次の赴任地はドイツかイタリアだろうと語っていた父が心臓麻痺《まひ》で急逝したのは四年前、妃奈子が十四歳のときだった。

母子ともに帰国を余儀なくされ、翌年にこの華族女学校に編入した。妃奈子は華族ではなかったが、良家の子女は学費を払えば入学を許される。この学校での非華族の生徒が占める割合はけして低くはなかったので、身《み》の丈《たけ》にあわぬ選択ではない。ちなみに華族は無料で通えるのだが、それはこの学校が彼らが納入を義務付けられた寄付金によって運営されているからである。

母が決めたままに編入した華族女学校で、妃奈子はずっと倫敦《ロンドン》の空のように心晴れぬ日々を過ごした。外国生活が長く、それゆえにエクセントリック（であるらしい）な妃奈子は、日本の学校になかなか馴染《なじ》むことができなかった。ならば卒業の今日こそもっと晴れ晴れとしてよさそうなものだが、着々と進められつつある見合いのことを考えると、とうていそんな気持ちにはなれなかった。

卒業証書を授与されることが、恐怖でさえある。学生という身分でなくなれば、母はすぐにでも縁談を進めたいと望んでいる。二十歳を過ぎれば嫁《い》き遅れと言われる世で、父親のいない娘の結婚はあまりのんびりと構えていられないという考えは正しい。

ほうぼうの伝手《つて》を頼って見つけてきた良縁なのだと母は言う。妃奈子のようなエクセントリックな娘は、並の男では辛抱もしまい。あれぐらい年上で包容力のある殿方のほうが適しているはずだと、母は強く主張するのだった。

きっと、そうなのだろう。自分はエクセントリックで人の手に余る存在なのだ。だって普通の娘であれば、三年間も在学しておきながら学友の一人もできないなどと、そんなことになるはずがないではないか。

それにしても、おかしな話だ。イギリスやフランスでは友達に不自由することはなかったのに、なぜ母国に戻るなり自分は借りてきた猫のようになってしまったのか。

欧州の者達が日本人に比べて格別善良だったわけでもない。むしろアジア人に対する偏見を持つ者は少なくなかったが、妃奈子は培ってきた道徳心と流暢《りゅうちょう》な英語でいつもそれを論破していた。

そのことを父に話すと、彼は武勇伝を聞いたように頼もし気に笑った。だから妃奈子はそれで正しいのだと思っていた。けれど横にいた母が咎めるように眉《まゆ》をひそめていたことを、近頃になってよく思いだす。

あのときの母の胸中は、表情通りの苦々しい思いが占めていたのだろう。父の手前なにも言わなかったけれど、現況に鑑《かんが》みれば、母の不安は的中したと言わざるをえない。

帰国して華族女学校に編入すると、妃奈子はこれまでの価値観を一変させられた。

良家の子女に対して、優しく慎《つつ》ましくあることを是とする校風は欧州でも同じことだったが、人の言うことに一切の疑問を持たぬ同級生達には心底驚かされた。教師の説明にあきらかな矛盾があり、追及ではなく質問をしただけなのに、同級生から異物を見るような目をむけられた。壮年の男性教師が憤慨《ふんがい》したのは言わずもがなである。

ともかく万事がこの調子である。最初こそ戸惑いはしたが、そのうち分かってきた。これは男女にかぎらずだが、この国では年長者には逆《さか》らわないことが道理なのだった。そのうえでさらに女子は、男子に対して従順であることを強《し》いられる。

話し合いや議論は無用。女はただ素直に人の言うことを聞けばよい。従順であることと出しゃばらぬことが婦人の美徳で、どうせ封じられるのなら意見など持たぬほうがよいというのが、長年抑圧されてきた女達が出した結論だった。

人として生まれたのに、意見を持つなどまったく不可能な話だと思った。けれど母は、そんなふうに考えるのは妃奈子がエクセントリックだからだと言う。たいていの婦人は確かに意見を持たぬが、従順であるために己を抑える強い意志を持っている。それがどれほど素晴らしい婦徳であるのかを説いたうえで、女として生まれたのにそれができない妃奈子はやはりエクセントリックなのだと途方に暮れたように言ったのだった。

最初は納得できなかったが、この学校で過ごすうちに母の言うことが分かってきた。この国で、自分はあきらかにエクセントリックで浮いた存在なのだということを。

華族女学校の同級生があたりまえにできること、あたりまえに知っていることが妃奈子にはできないし、知りもしない。ピアノは弾けても琴は弾けない。歌かるた（小倉百人一首）もからきし弱い。和歌など子供でさえ知っている小野小町《おののこまち》の『花の色はうつりにけりな』ぐらいしか知らなかったのだから、百もある中から上の句から即座に下の句を探し出すような真似《まね》ができるわけがない。それほど無能な自分がこの国で生きてゆくためには、母の勧めに従って嫁《とつ》ぐしかないのだ。

しかしどう努力をしても、嫌悪が消えない。

考えても詮無《せんな》いことだと承知しているが、欧州に戻りたいという念が消えない。そうすれば伊東さまとの見合いもせずにすむ。いっそ卒業式が終わった足で横浜《よこはま》にむかい、船に乗って海を渡ってしまおうか。この国でこれ以上、心身の健康をすり減らす前に。旅券などはもちろんないけれど、貨物室に紛れこむなどなにか方法はないものだろうか。

妄想で気を紛らわせている中、ふいに湧き起こった拍手に現実に引き戻される。演壇上で祝辞を述べていた男性が、一礼して退場したところだった。確か陸軍の将軍で、学院長の旧友という紹介だった気がするが。

（というか、この人まだ話していたんだ……）

美髯《びぜん》を蓄《たくわ》えたがっしりとした体軀《たいく》の将軍は、この学校での学びを、将来は子の教育への礎とするように説いていた。近代国家に有用な優秀な男子を輩出するためには、母親の教育能力がそれほど重要なのだと。端的に言えばそれだけのことを、孟母《もうぼ》（孟子《もうし》の母・教育熱心な逸話を持つ）の故事を引き合いにおそろしく長々と話していた。

かつては婦女子に教育など不要という風潮が強かった。いまでもそういう意見の者は少なからずいる。しかし近年の上流社会では、婦人の教育への有用性が説かれている。穏《おだ》やかで豊かな家庭を築き、子供にきちんとした教育を施す母となるには、一定の知性が必要であるという考えに根付くものだった。この概念は西欧社会でも同じだった。というよりは御一新《ごいっしん》後に近代国家としての道を歩み始めたこの国が、それにならったのだからとうぜんなのだが。

ふと見ると、右隣の同級生がそっとあくびを漏らしている。色白でふっくらした頰《ほお》の、おとなし気な伯爵令嬢である。品行方正であるはずの彼女でさえもうんざりするほどの長話だったのかとあらためて呆《あき》れかえった。

後方の席だからこんなふうに気を抜いても見咎められないが、前の席を優先されている宮家の姫様方は、あくびも許されずにさぞや気が張ることであろう。真相も分からぬまま一方的に同情を抱く。

「祝辞。涼宮《すずのみや》・梢子《たかこ》内親王」

その呼称に、それまで沈黙を強いられていた卒業生達がいっせいにどよめく。つい寸前のあくびまでは、みな葬式のように静まりかえり、彫像のように身じろぎすらしていなかったのに。

(なんなの、この反応?)

人形のようにおとなしい同級生達の、こんな活気のある様子ははじめて見た。展開についていけず、妃奈子は一人戸惑う。左隣の男爵令嬢が、前の席の財閥家の姫君にそっと話しかけている。

「涼宮様がおいでくださったの?」

「まさか、直接お越しいただくだなんて」

「では、お姿を拝することが叶《かな》うのね」

「ああ、麗しき摂政宮様」

いつのまにか同級生達は堂々とざわつきだしている。妃奈子は呆気《あっけ》に取《と》られつつ、彼女達のやりとりを聞いた。涼宮とか梢子内親王と言われてもとっさに分からなかったが、摂政宮の存在は知っていた。

十三歳の今上の伯母上で、未成年の彼に代わって政務を取りしきる女傑である。ちなみにかつては五摂家が独占していた摂政の地位は、御一新以降の新政府の世では皇族にしか許されぬものとなった。女子の任命は可能だが、配偶者がいないことが条件である。これは幼帝にさいしての母后《ぼこう》などを前提としての決まりだろう。

しかし今上の母親は側室なので、皇太后となることができなかった。御一新前は側室でも子が帝《みかど》となれば皇太后として立てられたものらしいが、新政府の世での側室は腹を借りるだけの存在。帝の母親はあくまでも正妻の皇后宮でなくてはならない。そうでなければ庶子を認めぬ欧米列強と歩調を合わせることができない。

ちなみにすでに身罷《みまか》られた先帝も側室の子供で、涼宮は彼の后腹《きさきばら》の異母姉である。先帝の皇后宮は夫に先んじて亡くなっていたので、先帝亡きあと、唯一の直宮《じきみや》（天皇と直接の血縁関係を持つ皇族）たる彼女が甥《おい》の摂政に就いたのである。

麗しき摂政宮様という言葉通り、涼宮の美貌《びぼう》は四十を越してもなお評判だった。新聞写真なので若干のアラはぼやけているのだろうが、欧米の婦人並みの長身にテーラードスーツを着た姿など銀幕の女優と見紛《みまご》うほどの艶《あで》やかさだった。

その涼宮様が、これから登壇なされるのだ。好奇心が、心中を占めていた鬱々《うつうつ》とした感情をしばし晴らした。凍《こご》えた指先ばかりを眺《なが》めていた妃奈子は、本日初めて積極的に演壇を注視した。

やがて舞台の袖《そで》から出てきた婦人の姿に、妃奈子は目を瞬《またた》かせた。

(なに、あの格好?)

その女性の装いは、和装だった。もちろんそれだけなら驚かない。しかし彼女は紋付ではなく、まるで雛人形《ひなにんぎょう》のような時代がかった衣装を着ていたのだ。

濃い紫の着物には、銀や赤の糸で菊の文様を織り出してある。袖の大きなその着物をからげ着て、緋色《ひいろ》の切袴《きりばかま》を穿《は》いていた。雛人形のようと喩《たと》えはしたが、幾重にも重ね着をしていないところ、裾《すそ》をひかずにいるところなど、いわゆる十二単《じゅうにひとえ》とは少しちがう。しかも足元は草履ではなく、袴と同じ緋色の靴である。髪型も控《ひか》えめに膨《ふく》らませてひっつめており、雛人形の大《お》すべらかしのように大きく鬢《びん》を張ったものではない。

帰国して四年にもなるが、こんな装いをしている人を見たことがなかった。そもそも十二単でさえ、雛人形の衣装で現実のものとは思っていなかった。実際には皇族、華族の女子は重要な儀式のときにこれらを着用するのだが、欧米暮らしが長い妃奈子は新聞の上でさえ古い装束を目にしたことがなかった。

奇妙といえば奇妙だが、非日常的な豪奢《ごうしゃ》な装いには見入ってしまう。

「まあ、本日は袿袴《けいこ》をお召しになられているのね」

「なんとも古風な。けれどなにをお召しになられていても、お美しい」

同級生達のささやきで、この装束が『袿袴』なるものだとはじめて知った。

なるほど。確かに美しい。涼宮本人も、彼女がまとう袿袴も。人間と装いが、互いの美しさをそれぞれ引き立てあっている。それまであった様々な感情を吹き飛ばして見る者の目を釘付《くぎづ》けにする魅力は、英国の博物館で鑑賞した、指先まで完璧《かんぺき》な形に造られた女神の彫像にも似ている。

「生徒諸姉《せいとしょし》よ」

冷えた空気の講堂に、凛《りん》とした声が響き渡る。

妃奈子は背を突かれたように、びくりと背中を引き伸ばした。たおやかで古風なその装いとは裏腹に、壇上の佳人の声音はりりしかった。

妃奈子がなかなか慣れることができぬ、それゆえ半《なか》ば憎悪に近い対象になりつつあるこの国のゆかしさを身にまといながら、涼宮の身体《からだ》には西洋的な自己主張をひるまぬ強い意志がみなぎっているように見えた。

おかしい。それらはけして並立しないはずなのに。ゆえに帰国してからというもの、妃奈子はさんざん己を抑圧せねばならなかったのだ。

けれどこの方は、ちがう気がした。なぜそう思えるのか自分でも分からない。たった一言声を聞いただけなのに、妃奈子にはできないそれが、涼宮にはできているように感じたのだ。妃奈子は聴覚を研ぎ澄まし、まじまじと涼宮を見つめた。彼女の一挙手一投足のすべてを見聞きしたいと願った。

「本日はまことにおめでとう。同校の卒業生として、あなた達の門出に心からお祝いを申し上げる——さて、近い将来、あなた達の大方は妻となり、母となるのであろう。もしかしたらそのいずれにもならぬ者もいるかもしれない。だが立場は気にせずともよい。それぞれに事情はちがう」

妃奈子は耳を疑った。肯定とまでは言わぬが、結婚する以外の女の道を認めた言葉をはじめて耳にした気がする。そういえば涼宮自身が独身であるから、そのあたりの発言には少し気を配ったのかもしれないとも考え直した。そうなると先程孟母の話ばかりをしていた将軍は、直宮を前になかなかの非礼だったかもしれない。

「しかしいかなる立場であれ、成人となれば世に対して必ずなんらかの責任があり、世間に無関心であることはできないと覚えておかなければならない」

重い槍《やり》を突き刺すような声音に、妃奈子は背筋を伸ばした。緊張はするが、孟母の話ばかりだった将軍の祝辞より、ずっと興味深い。

「この国はまだ若く、航海もようやく航路を見つけたばかりである。造船の作業を成したのは先人であり、勇気をもって荒波の中に出航させたのも先人達である。彼らの行動は勇猛であり偉大である。私をはじめ世の多くは彼らに敬意を表している」

そこで涼宮はいったん言葉を切り、さらに声を張った。

「しかし前代の羅針盤はまだ精密ではなく、時として誤作動を起こす危険性もはらんでいる。だが乗船している者達はそのことに気がつかず、危険な水域に入りこむこともしばしばで、これまでにも少なからず遭難者を出してしまってきた」

抽象的な表現だったが、御一新前後の激動を指していることは明白だった。

半世紀余前、当時国を治めていた幕府を倒して現在の政府は樹立した。新政府と佐幕側の対立では多くの血が流れたと聞いている。時代の流れとして全体的に見れば、それは過ちではなく必要な過程であったのかもしれない。けれど危険な水域に入り、少なからずの遭難者を出したという表現自体は間違っていなかった。

涼宮はふたたび言葉を切り、今度は壇上から生徒達の面々を見渡した。日頃は人形のようにおとなしい彼女達が、どのような気持ちで涼宮の眼差《まなざ》しと高説を受け止めたのか妃奈子には想像ができなかった。

涼宮はそれまでの凜とした語り口から、すっと口調を和らげた。

「まだたいそう若いあなた達には、豊富に時間がある。過去の過ちを顧みることで、いま使用している羅針盤を精査することができる。いつの時代も若者は、それを糧《かて》により精度の高い羅針盤を作ってゆく。その作業にはあなた達も、自分達の立場で等しく参加して欲しい」

式典終了後、別れを惜しみあう同級生達をしり目に、妃奈子は一人で校門を出た。

通学にはいつも路面電車を使っていた。裕福な家の者であれば人力車で、内証《ないしょう》が苦しくても華族であればお付きの女中が登下校に付き添うものだが、妃奈子はそのどちらでもない。父の恩給と母が持参金として保有していた土地の貸与収入のおかげで、生活に困るということはない。けれど旧武家屋敷《やしき》の区域に大きな屋敷を構えて何十人もの使用人を抱《かか》えられる家かと訊《き》かれれば、まったく違うとしか答えられない。

中廊下を持つ自宅は座敷《ざしき》も含めて部屋数は十間を超えるそれなりに大きな建物であったが、使用人は女中と家丁が一人ずつで、それで家政はきりもりできていた。とはいえその状況で登下校の付き添いの余裕などあるはずもなく、編入してからの三年間、妃奈子はずっと路面電車での通学をつづけたのだった。それも今日までである。

錬鉄製の門扉を抜けて、路地から大通りに出るとすぐに路面電車の停留場がある。いつもならそこから乗車するのだが、今日は寄りたい場所があったので、そのまま素通りした。ここから徒歩圏内にある母方の大叔母の家に、卒業の報告を兼ねて挨拶《あいさつ》に行くつもりだった。

実を言えば、最初からその予定ではなかった。学校が近いこともあり大叔母にはなにかと世話になっていたが、さすがに今日はまっすぐ家に帰るつもりでいた。そうしないと稽《けい》古事《こごと》以外の寄り道などはしたないとしている母に、また呆れられてしまうだろうから。

京都の旧公家《くげ》出身の母はおっとりとした人で声高に娘を説教するような真似はしなかったが、妃奈子が粗相をするたびになかなか躾《しつけ》ができない犬でも見るような眼差しをむけるのだった。

それもやむなしである。母が免状まで有する茶の湯と華道も、妃奈子はいっこうにうまくならない。八歳下の妹・奈央子《なおこ》が、ときには大人も舌を巻く見事な腕前を披露するのとはあまりにも対照的だった。

だってしかたがない。良家の子女の花嫁修業として必須《ひっす》とされるこれらの教養も、欧州では習う機会はなかった。免状を持つ母は慣れない外国暮らしで気鬱《きうつ》となり、長女の花嫁教育を顧みる余裕などなかったのだ。

対して六歳で帰国の途についた奈央子は、それらの稽古事を十分に享受《きょうじゅ》できた。しかも彼女はあちらでは未就学児だったから、さほど西洋の文化に触れることもなくスムーズに日本の生活に溶けこんだ。

おまけに帰国してからの母が、見違えるように元気になったのだ。夫の急逝にはもちろん衝撃を受けていたが、こうなったからには残された子供二人を女手ひとつで育て上げなければという気概が勝ったようだった。世間から賢母と称されるのも道理な、立派な婦人である。

妃奈子は大通りを進んだ。呉服店、菓子屋、小間物屋等《など》の見栄えのよい店が軒を連ねている。いかにも女学校が間近にある通りらしい。普段であれば友人同士、あるいはお付きの女中を伴った海老茶式部《しきぶ》達をよく見かけるのだが、今日は卒業式という式典で在校生が休みだったこともあり、その光景は違っていた。

女学生でなくとも、店の並びから通りを歩くのは比較的女性が多い。春とはいえまだ肌寒の日。婦人達は厚手の羽織《はおり》や吾妻《あづま》コートをまとっているが、その下にのぞく着物は、桜色や萌黄色《もえぎいろ》等の春らしい彩りが目立つ。

路面電車が汽笛を鳴らして通り過ぎてゆく。本来であればあれに乗って自宅に帰るつもりだったのだが、今日は予定変更だ。妃奈子は風呂敷《ふろしき》包みを持ち直した。大叔母の家はこの先の横道を入ったところにある。

ほとんど思いつきで、大叔母を訪ねようとしたのにはわけがある。

(大叔母様なら、摂政宮様のことをご存じかもしれない)

少し前に目にしたばかりの佳人の姿は、鮮烈に瞼《まぶた》の裏に焼きついている。この情熱を訴えるのに、大叔母は最適な人だった。なぜなら彼女が、かつて宮中女官を務めた経歴の持ち主だからである。

妃奈子が物心ついたときにはもう退官して隠居の身となっていたと聞くから、現役はかなりの昔のことである。ゆえに涼宮を知っているかどうかも怪しいが、久しぶりに宮中の話題などしてあげれば大叔母も喜んでくれるだろう。宮中女官は独身が基本なので、定年まで勤め上げた彼女は独り身《ひとみ》だった。そのためか姪孫《てっそん》の妃奈子を孫のように可愛《かわい》がってくれる。こうしたとつぜんの訪問も許されるほどの打ち解けた仲であった。

瀬戸物屋の看板の前で右に折れ、横道に入ったすぐのところに二人連れの青年が立っていた。それだけなら気にもしないが、一人が金褐色の髪をした西洋人だったのでつい目を留めてしまった。

よく見ると彼は青年などではなく、まだ完全な少年だった。そばかすの目立つ、あどけない顔をしている。上背も妃奈子より低いかもしれない。もしかしたら十歳の奈央子と同じくらいではあるまいか。一般的に西洋人は東洋人に比べて大人びて見えるので、ちょっと割り引いて考えたとしても。

その少年と一緒にいたのは、こちらは紛うかたなき青年だった。二十代半ばほどか。近頃の東京では珍しくなりつつある若い男性の和装は、井桁柄《いげたがら》の大和絣《やまとがすり》に、少し色褪《いろあ》せているが張りのある茶鼠《ちゃねず》の袴。羽織は藍色《あいいろ》で、それらのすべてを着崩すことなくきっちりと身に着けている。ハイカラでもバンカラでもない。端正で清潔感のある着こなしだ。

青年と外国の少年はなにやら話し合っているようだが、その様子は傍目《はため》にも穏やかではない。少年はしきりに手を動かし、青年はたびたび首を傾《かし》げている。

西洋に対する郷愁と単純な好奇心に引き寄せられて、なんとなく近づいてゆく。やがて聞こえてきた彼らの会話は英語だったのだが、青年はなかなか解するのに苦労しているようだった。彼の語学力の問題だけではなく、少年が半泣き状態なので、切れ切れの言葉がなかなか要領を得ないという事情もあるようにうかがえた。

だが妃奈子の耳には、少年の言葉が母国語のように語意がするすると入ってくる。

「帝国ホテルに向かう途中で、道に迷ったようです」

もどかしさから声掛けもせずに、いきなり本題を切り出した。青年は不意をつかれたように顔をむける。そのはずみで視線が重なる。

どくんと胸が鳴る。

あらためて見た青年の顔は、清潔な若さに満ちあふれていた。

すらりと高い背丈《せたけ》に、きりりとした口許《くちもと》。黒目勝ちの優し気な目が印象的で、和服のきちんとした着こなしもあいまって、非常に押し出しの良《い》い若者だった。

「英語が分かるのですか？」

青年は尋《たず》ねた。とても耳触《みみざわ》りのよいテノールだった。

予期せぬ事態であった。どうしよう、なにもかもドキドキする。胸騒ぎが止まらなくて困る。なにしろ年頃の異性など、二人きりで話すどころかまじまじと顔を見たことすらないのである。若い男性とはこれほど潑溂《はつらつ》と見栄えがよいものかとあらためて感じた。とはいえここでときめくだけでは、なんのために声をかけたかである。妃奈子は気を取り直す。

「はい。しばらく話しておりませんが」

「それは助かった。僕の語学力ではとても対応できそうにないのです。すみませんがこの子の話を聞いてあげてくれますか？」

「それはもちろん」

妃奈子は前に進み出て、少年に英語で問いかける。

『私は妃奈子。あなたの名前は？』

『……エドワード。エドワード・ジョリス』

海老茶袴の黒髪の娘から流暢な母国語が飛び出したので、エドワードも最初は面食らったようだった。

『では、エドワード。あなたは一人でここまで出てきたの？』

常識では考えにくい。エドワードのはっきりした年齢は分からぬが、言葉が不自由な土地で未成年を一人で出歩かせる親はいないだろう。ましてこの国にいる西洋人のほとんどは上流階級の人間だ。

　あんのじょうエドワードは首を横に振った。

『母様と一緒だったんだけど、はぐれてしまって』

　言葉が通じることで安心したのか、エドワードはだいぶ落ちつきを取り戻していた。十二、三歳くらいだと思うが、さきほど泣きかけていたのは、慣れぬ異国の地でパニックを起こしかけていただけかもしれない。

　詳しく事情を聞いてみると、母親と一緒に自動車で帝国ホテルにむかっていたのだという。その途中で買い物のために下車したのだが、母親の品定めがあまりにも長引いたことで退屈を紛らわすために店外に出て、この憂《う》き目《め》にあっているのだという。

　要約して伝えると、青年はあたりをきょろきょろと見回した。

「きっと今頃、ご母堂は青ざめて彼を捜し回っていることだろう」

「そうですよね」

「最終的には警察に行くべきだが、まずは大通りに出よう。そんな事情であれば人目についたほうがいい。えっと、妃奈子さんでしたっけ？　この子にその旨を伝えていただけますか？」

「……わ、分かりました」

下の名前で呼ばれてどきりとしたが、彼としてもそうとしか呼びようがなかった。なにしろ妃奈子はエドワードにファーストネームしか教えていない。妃奈子が英語で名乗った部分を、青年も聞き取れていたようだ。

理由をエドワードに説明して三人で大通りに出ると、少し先から西洋の婦人が駆け寄ってきた。

『エド！』

釣り鐘型のオーキッド色の帽子と、共布《ともぎれ》の外套《がいとう》をつけたその婦人は、心から安堵《あんど》した顔をしている。エドワードも歓喜の表情で『母様』と叫んで彼女に駆け寄る。

「よかった」

同時に胸をなでおろしたことで、妃奈子と青年の発言が重なった。偶然に二人がはっとしたように相手の顔を見たことで目があう。

三度目の鼓動を鳴らす妃奈子の前で、青年の頬にさっと朱が走った。異性同士がまじまじと顔をあわせて平然とできる世の中ではないし、妃奈子同様にこの青年もそこまで世慣れていなかったようだ。

青年はわざとらしく視線をそらし、それでも緊張から少々声を上擦らせつつ言った。

「妃奈子さんの語学力は、実にたいしたものですね」

「さようなこともございませぬが、数年前まで英国で暮らした経験がありますので」

「ああ、どうりで」

青年はぱっと顔を輝かせた。若さが、もぎたての果実のように瑞々《みずみず》しい。五十近い男との縁談が進められている自分とはもはや縁遠い存在なのだと思うと、切なさを通り越して情けなささえ覚える。

『お二方』

エドワードの母親が、息子の手を引きながら近づいてきた。

『このたびは息子が本当にお世話になりましたようで、お礼を申し上げます』

美しいキングズイングリッシュをゆっくりと語られたことで、青年のほうも彼女の言葉は理解をしたようだった。

『ほとんどは彼女の手柄《てがら》です』

発音はぎこちなくても、青年の英語は間違っていなかった。そもそも丁寧にしっかりと話せば大方は伝わるものだ。母親は彼の言葉を理解し、妃奈子のほうを見た。

『お嬢さん、お世話になりました』

『些細《ささい》なことです。それよりも御子息が無事でよろしゅうございました』

『まあ、あなたの英語は本当に流暢なのね』

母親はつくづく感心したように語ったあと、自分達は英国領事・ジョリス氏の妻と息子だと述べた。そのうえで妃奈子達の名前と住所を尋ねてきた。

『のちほどお礼に伺いますので』

ジョリス夫人の紛うかたなき善意に、妃奈子の胸はさわさわとしだす。

この上品な西洋婦人、あるいはその使いが自宅を訪ねてきて母が応対したのなら、彼女はどんな反応を示すのだろう。表向きは丁寧に接し、客が帰ったあとにため息交じりに言うのだろう。これみよがしにしゃしゃり出て、自分の語学力を誇示するなど、嫁入り前の娘にあるまじき賢《さか》しらなふるまいだ。そんな言葉を想像しただけで、妃奈子はすっかりひるんでしまう。

『私がしたことなど、そんな大袈裟《おおげさ》なことではありませんよ』

朗《ほが》らかに青年が言った。容姿はもちろんだが、声までも薫風のように爽《さわ》やかだった。こぞとばかりに妃奈子も同調する。

『私も同じです。どうぞお気遣《きづか》いなく』

『ではせめてお名前を聞かせてくださいな。この子の口からきちんと礼を言わせたいのです』

ジョリス夫人は、傍《かたわ》らに立つ息子に目をむけつつ言った。なかなかしっかりした教育方針の婦人のようである。

『ヒナコ・カイドウ。海棠妃奈子と申します』

『海棠？』

夫人は考えるように首を傾げたあと、あっと短く声をあげた。

『ひょっとして海棠領事のお嬢様？』

『――父をご存じなのですか？』

『もちろん。ロンドンではさいさんご一緒したわ。聡明《そうめい》で朗らかな方で、外交官としてとても優れた方だった。まだお若いのにあんなに急に亡くなられて、本当に惜しいことだと夫も嘆いていましたよ。ご存命であれば各国との懸け橋となってくださったでしょうに』

思いがけないところで耳にした父の話題に、妃奈子は切なくなる。父が生きていた頃は本当に良かった。あの頃に戻りたいと詮無いことを思い、虚《むな》しさばかりか哀《かな》しみさえこみあげる。

『そうそう、お母様はお元気になられた？』

夫人の問いは、妃奈子の父に対する追慕の念をうかがった。

『奥様が気鬱になって社交の場に出ることができないと、お父様はずいぶん気にかけておられたのよ。さぞかしあなたも心配だったでしょう』

『……おかげさまで、いまはすっかり元気になっております』

ぎこちなく妃奈子は答えたが、夫人に気にした様子はなかった。いくら堪能《たんのう》でも、異国の言葉を語るのに多少のぎこちなさが生じることは不思議でもない。まして初対面の彼女が、妃奈子がにじませた多少の屈託に気づくはずもないのだった。

それはよかったと安堵した表情で述べた夫人は、あらためて告げる。

『それにしても、あなたの英語力は本当に素晴らしいわ。そのうえお人柄《ひとがら》もよく親切というのだから、これは完璧なお嬢さんね。いずれはお父様のように外国との懸け橋になってくれそうね』

思いがけない夫人の称賛に、妃奈子はしばしぽかんとする。

褒められるなど何年ぶりだろう。考えてみれば帰国してからそんなことは一度もなかったのではないか。華族女学校の成績はそれなりに良かったが、科目によって差がありすぎたので称賛も相殺されていた。そもそも女の学力優秀が歓迎される世ではない。

それをこんな手放しで褒められるなんて、喜びよりも分不相応という面映《おもは》ゆさで視線をそらしてしまう。

『そんなことは……』

『本当ですよね』

青年の同意に、妃奈子は思わず視線を動かす。

『これほど能力の高い女性の存在を知ったからには、男としてとうてい負けていられません』

拳《こぶし》で胸をこつんと叩《たた》いた青年の表情は、なんの屈託もなく爽やかだった。

女が賢しらにふるまえば、殿方から白い目で見られるだけだと母は言っていた。実際に親戚《しんせき》の中にもそういう男性は多かった印象だが、この青年はそうではなさそうだった。

妃奈子は、青年とジョリス母子の顔を一眸《いちぼう》した。唐突に、この人達に話を聞いてもらいたいという思いが兆《きざ》した。それでいまの状況が改善されるわけではないけれど、ずっと心に根差している孤独が癒《い》やされる気がしたのだ。

けれど初対面の相手に、そんな真似ができるはずがない。しかも青年にかんしては名前すら知らないのだ。節操がないにも程がある。そんな自嘲《じちょう》を抱く妃奈子の前で、青年は夫人にむかって名乗った。

『あらためまして、私は高辻純哉《たかつじすみや》と申します。帝大に在籍しておりますが、今月に卒業する予定です』

「お姉さま、百貨店の外交員がきましたよ」

襖《ふすま》の向こうから聞こえた声に、妃奈子はだらしなく崩していた足を慌ててただした。洋式の生活が長いためにどうにも正座が慣れない。食事中や葬式などしかるべき場所では堪えもするが、自室で本を読むときまで貫《つらぬ》き通《とお》せるかと言われれば無理である。長春《ちょうしゅん》色に焦茶《こげちゃ》と黒の糸で大胆な縦縞《たてじま》模様を織り出したお気に入りの銘仙の着物も、裾が乱れてしまっている。

そろそろと開いた襖の先には、あんのじょうきちんと膝《ひざ》を揃《そろ》えた奈央子がいた。十歳とは思えぬ行儀のよさだった。山吹色に椿《つばき》の花を描いた着物には、まだ肩揚げが残る幼《おさな》さだというのに。

「お振袖《ふりそで》の着尺《きじゃく》を、いっぱい持ってきているみたい。私も一緒に見てもいいかしら?」

衣装に眸《ひとみ》を輝かせるさまなど、いっぱしの年頃の娘のようである。妃奈子はわずかに目をそらした先でそっと嘆息し、しぶしぶ立ち上がった。

「もちろんよ」

「うわあ、ありがとう」

奈央子も立ち上がり、妃奈子の横に並ぶ。八歳の年齢差を考えればあたりまえだが、上背差はだいぶんある。それでなくとも妃奈子は父親に似て、並より背が高い。

板敷きの廊下を進んだ先に座敷がある。膝をついて襖を開くと、灰色のスーツ姿の外交員が正座をしていた。

その奥に、掛け軸と一輪の藪椿《やぶつばき》を飾った床の間を背に座る母・朝子《ともこ》の姿が見える。文人茶の小紋に黒の繻珍《しゅちん》の帯を締めた姿勢はしゃんとしながらも嫋《たお》やかである。一糸乱れぬ束髪も黒々として美しい。

「やっと来たわね」

上方《かみがた》のなまりが残る朝子の声音は、言葉ほどにはうんざりとしていない。むしろ高揚《こうよう》しているようでさえもある。見合いの話が持ちこまれてから、彼女はすこぶる機嫌が良いように見える。

「これは、お美しいお嬢様ですね。ああ、奥様によく似ていらっしゃる」

外交員が目を細める。四十前後といった年回りか。一流の百貨店の販売員だけあって所作や言葉遣いにもそつがない。

「似ているのは顔だけなのよ。背も父親に似て高くて。おまけに外国暮らしが長いものだから、花嫁修業も思うようにできなくて、このまま見合いを進めることは恥ずかしいのだけれど、先方様は若い令嬢なのだから焦らずともゆっくりと覚えてくだされば良いと言ってくださってね」

饒舌《じょうぜつ》に語る朝子は、やはり上機嫌なのだ。花嫁修業どころか常識的な作法でさえ危ういところがある妃奈子の縁談は、さぞ手がかかるものと頭を痛めていただろう。そこに飛ぶ鳥を落とす勢いの貿易商との見合いが持ちこまれた。いまの身分こそ平民ではあるが、政府への貢献度が高く、近々に叙爵されるのではと評判の富豪である。朝子にとってはまさに降ってわいたような良縁なのだろう。

いっぽうで妃奈子の父は、旧中藩・伯爵家の次男。朝子も京都の公家華族・旧堂上家《どうじょうけ》出身の子爵令嬢である。父が分家、朝子は嫁いだことで華族ではなくなったが、その二人の長女として生まれた妃奈子は、本物の華族令嬢には及ばずとも十分に良家の令嬢と呼ん

すから」

「夫が亡くなったいま、残された娘二人をしかるべき場所に嫁がせることが母親の責務で

でよかった。

「奥様は婦徳の心をお持ちの、亀鑑《きかん》のような方でございますね」

相手をしらけさせない程度の持ち上げた物言いは、さすが一流店の外交員である。

華族女学校などで施される現代の良妻賢母教育は、儒教に説かれるようなひたすら夫に従順な妻ではなく、困難なときにも家政を切り盛りできる気丈な婦人を理想としている。夫になにかあったときに家を維持し、子を無事育て上げることは妻の才覚であり、それを以《もっ》てして現代の女の自立と唱える説もある。いっぽうで女子師範やミッション系の女学校などでは、女子の経済的な独立を主眼とするところも多いと聞く。

それらの学校の教育方針を耳にしたとき、自分にはまだそちらのほうがむいていたのではなかったのかとも思った。けれど母はなんの迷いもなく華族女学校への編入を決めた。帰国したばかりでこの国の女子教育についてなんの知識も持たぬ妃奈子は、母の言葉に従うしかなかった。女子教育としてどちらが正しいのかなど分からないが、朝子はまちがいなく前者を支持しており、外交員が口にした〝婦徳〟もそれであろう。

「お若いご令嬢がお好みの柄は私などには分かりかねますので、うちの女子販売員と若い髪結いにも意見を聞いてみましたが、いかんせん下の者達の好みですので品位のほうでい

かほどなものか」

などと言いながら外交員は、傍らに置いた大きな反箱の蓋《ふた》を取る。そうして薄紙に包まれた反物を、次から次へと出していった。

朝子はそれをひとつずつ広げて見て、これはと思ったものを自分の脇《わき》に置き、そうではないものを外交員に返していった。その目は真剣だ。見合い写真を撮るための振袖を選ぶのだから、あだやおろそかにはできない。そこに母親としての責務や情を、はっきりと感じ取ることはできる。

「お嬢様もご覧ください」

借りてきた猫のように座っている妃奈子を気遣い、外交員が声をかける。

「いえ、私は……」

「この娘《こ》は着物のことはよく分からないのよ。外国暮らしが長かったものだから。街着なら本人に選ばせてもいいけど、正装となるとちょっと危ういのよね」

その通りである。洒落着《しゃれぎ》の代表のような江戸小紋が、柄が細やかになれば礼装に匹敵する格を持つようになるなど妃奈子は知らなかった。もっとも京生まれの朝子は江戸の粋《いき》が肌に合わぬとかで、この着物は持っていなかったのだが。

ましてや最上級の礼装・振袖ともなれば、決まりごとが山のようにある。そこに明るくない妃奈子が、自分の好みで選んだりしてはとんでもない失態を犯しかねない。そもそも気の進まぬ見合いのための振袖選びなど、最初から胸弾むものではない。

「お母さま、それはとてもきれいね」

奈央子が歓声をあげたのは、朝子が朱鷺色《ときいろ》の綸子《りんず》の反物を広げたときだった。友禅染めで全体に四季の花々が描かれている。

目をきらきらさせる次女に、朝子は優し気に微笑《ほほえ》みかけた。そうして外交員に伝える。

「確かにこれは見事な染めだけれど、見合い写真にはちょっと派手すぎるわね」

「さようなものでございますか?」

外交員が怪訝《けげん》な顔をした。非難ではなく相手に教えを乞《こ》うような物言いである。朝子はまんざらでもない表情で答える。

「祝賀であればこれぐらい華やかなものがよいでしょうけど、あくまでも見合い写真ですからね。着飾りすぎては派手好きで浪費家という印象を与えかねない。清楚《せいそ》に品よく着飾らせ、これはしっかり家庭を守る妻となりそうだと殿方に思っていただかなくてはね」

朝子が課した花嫁修業をことごとく仕上げられていない妃奈子の現状からすれば、それは詐欺《さぎ》に等しい。だからこその伊東さまなのだ。妃奈子の無能を承知したうえで娶《めと》ってくれるというのだから、ありがたい話である。いかに不慣れであろうと女として生まれたからには、しっかり家庭を守る妻になれるよう迎合するしか道はないのだ。

世の女達が自分のことをあとまわしにできるのは、家族に献身することを生き甲斐《いがい》としているからだ。日本ほど極端ではなくとも、西洋にも似た傾向はあった。だから妃奈子は近頃つくづく思うのだ。本当に女はつまらないものである、と。

山のような中から朝子が選びあげたのは、萌黄色の縮緬《ちりめん》に桜の花を散らした友禅染めの反物だった。空色に薄紅の牡丹《ぼたん》の花を描いた友禅とどちらにしようか長い間悩んでいたのだが、外交員の「いまならすぐにお仕立てに取り掛かれますので、今月中には仕上がりますよ」という一言が彼女を決意させたようだった。春の装いとして牡丹もけして引けは取らぬが、四月と限定するとやはり桜が勝る。

「ちょうどこの着物をお召しになるのに、ふさわしい季節かと」

「それでは仕上がりの日に合わせて、そちらの美容室と写真部を予約しておいてちょうだい」

てきぱきと朝子は指示をする。着物が仕上がったところでこちらが百貨店に出向き、内部の美容室で着付けをして見合い写真を撮るという寸法だ。

見合いをしてしまえば、よほどの不始末がないかぎり結婚は決まったも同然となる。断ったりすれば、間にたった家も含めて面目は丸つぶれとなってしまう。そのための見合い写真というのか、逆に言えばこの段階で断れば大きな障《さわ》りにはならない。見合い写真とは本来であれば何枚か焼き増しをして、世話をしてくれそうな知り合いに配るためのものなのだが、今回にかぎっては朝子が伊東さまで決めてしまいたいと望んでいる。

いっそ相手方が妃奈子の写真を見て断ってくれれば、とさえ思う。女として甚だ傷つく展開だが、それでも先日渡された見合い写真に写る、あの男の妻にならずにすむならそれぐらいの屈辱は甘んじられると思った。

「いいなあ、お姉さま。あんなきれいな着物を作っていただけて」

無邪気に羨望《せんぼう》の眼差しをむけてくる妹に、妃奈子はどうしようもないほどいら立ちを覚える。奈央子は美しい着物を新調してもらえることを純粋に羨《うらや》んでいるだけだと分かっていても、感情を抑えきれない。

朝子は目を細めた。妃奈子は母親からこんなふうに見てもらったことがない。母からの情愛を感じぬわけではないが、妃奈子はいつも朝子にはらはらと気をもませているだけだった。そのたびに不出来な長女であることを痛感させられて、奈央子に対しても卑屈になってしまう。華族女学校の小学科に在籍する奈央子は、温順な気質で数多くの級友を持っている。淑《しと》やかなのに明るく、稽古事にも熱心に励《はげ》んでいる。

母の妹に対する眼差しがやわらかいのは、奈央子が彼女にとって理想の娘だからだ。おそらく朝子は、妃奈子もこのように育てたかったのだろう。しかし外国という環境に加えて朝子自身が体調を崩していたので、長女の教育にかまける時間などなかった。

「いずれ奈央子にも仕立ててあげますよ。どのみちあと二年もしたら、十三参りの支度《したく》を整えないといけませんからね」

十三参りは関西で主流の儀式で、関東ではあまり一般的ではない。けれど京都出身の朝子は、いまからやる気満々である。その年齢のとき妃奈子はフランスにいたので、もちろんしていない。

奈央子は眸を輝かせた。

「嬉《うれ》しい。私はそれを着て、お嫁にいくわ」

「お嫁入りはまた別ですよ。あなた達の結婚は、どこにも恥ずかしくないよう、お母様が責任をもって支度をしてあげますからね」

そう言って朝子は、娘達の顔を見比べた。その眼差しはやわらかい。

期待度はちがっていても、母として二人の娘を想《おも》っていることはまちがいない。でなければあんな真剣に妃奈子の振袖を選ばない。分かっている。そのはずなのに——。

「それなら私は蝶々《ちょうちょう》の柄の着物がいいわ。それを着て、伯父様のような伯爵家にお嫁にいくわ」

伯父とは父の兄である。家督を継いで海棠伯爵を名乗っている。上方婚を願うのはたいていの娘の常だが、十歳で相手の家柄《いえがら》にこだわるなど聞いたかぎりではかなり打算的である。しかしあくまでも軽口で、どこまで分かって言っているのかは怪しい。

おそらくだが、華族女学校の同級生達がそんな話をしているのだろう。自分とちがって奈央子は級友も多いから、彼女達の口から姉や親戚の結婚話、ないしは自身の許嫁《いいなずけ》の話など聞かされることもたびたびにちがいない。

華族の結婚相手は、内証に困って成金《なりきん》に嫁ぐ場合をのぞき、同じ華族かあるいは宮家が普通だ。公、侯爵クラスであれば、直宮に嫁ぐこともある。ちなみに御年十三歳の今上のお妃《きさき》候補をめぐって新聞ではなにかと憶測が書き立てられているようだが、決定的なことはなにひとつ報道されていない。

「お稽古事にきちんと励めば、伯爵家どころか宮家の若様が、ぜひ奈央子をお嫁にと望んでくださるわ」

朝子の言葉は、夢見がちな年頃の娘へのその場しのぎとも受け取れた。そもそもたとえ良家であろうと、平民の娘が宮家に嫁ぐ話はほぼほぼ聞かない。けれどその発言は思った以上に深々と妃奈子の胸に突き刺さった。

お稽古事にきちんと励めなかった自分は、若様ではなく旦那様と結婚しなければならないのだ。

好きで励まなかったわけではない。励む機会がなかったのだ。普通は就学前から習いだすことを十四歳ではじめたのだから習熟度は知れている。うまくできないから興味も持てない。興味を持てないからいつまでたってもうまくなれない。悪循環を断ち切る術を見いだせないでいるうちに、意に添わぬ結婚という最悪の結果を生み出した。

どうしようもないのなら、前向きに考えたほうがいい。会ってみたら、あんがい良い人かもしれない。若いというだけで女を優しく扱う男は、世の中にあふれかえっている。見合い写真を渡されてからは、そんなふうに自分をなだめてきた。

けれど先日、高辻純哉のあの清潔な若さと美しさに触れて以来、年の離れた相手に湧《わ》き立《た》つ、蛇蝎《だかつ》に対するような嫌悪感をどうしても抑えることができなくなっていた。

ままならぬ現実の前に、ままならぬ自分の感情は無理にでも押し殺すしか術がない。

その状況の妃奈子に、たとえその場しのぎの軽口でも、母が口にした妹への「若様との結婚」という言葉は激しい瞋恚《しんい》を燃やすものだった。こうなった原因はすべて自身の無能にあり、その自分がこの国で不足なく暮らすために、母がよかれと考えたことだと分かっていても。

「それなら大丈夫よ。奈央子、お琴の先生から次の曲に入ってもいいと言われたもの」

「まあ、それは頼もしいこと」

などと笑いあう母と妹のやりとりに、はっきりと怒りと僻《ひが》みを抱く。けれどその原因が自分の不出来にあるというのなら、なにも文句を言えるはずもないのだった。

それから三日後、妃奈子は大叔母の家を訪ねた。

結局、卒業式の日は挨拶にいけずじまいだった。純哉達とのやりとりが思っていたより時間を取ってしまい、あまり遅くなるのも申し訳なくて日を改めたのだ。

大叔母の家に行くと言うと、朝子は土産を買うための小遣いをくれた。電車を降りた通りには、菓子屋が何軒かある。その中でも上方から進出してきた京菓子の店が大叔母のお気に入りで、妃奈子はその店で桜の花を模《も》した美しい落雁《らくがん》を買いもとめた。

大叔母の住まいは大通りから横道に入って少し進んだ先に建つ、平屋建ての日本家屋だった。

「ほうか。妃奈子はんも卒業か」

しみじみと語りつつ、大叔母は湯呑《ゆの》みを茶卓に戻した。半分ほど残った煎茶《せんちゃ》の緑が白磁の中でよく映える。茶菓子には妃奈子が持ってきた落雁ではなく、厚く切った羊羹《ようかん》が供されている。賞味期限が近いので先に食べてしまいたいとのことだ。

古希にはまだ少しといった年代の大叔母・八州子《やすこ》は、淡い色の着物が似合う品の良い婦人である。妃奈子の母方の祖父の妹で、十七歳で宮中出仕のために京都から召されたのだという。ここで上京と言うと地味に機嫌を損ねるから気をつけねばならぬ。御一新前に生まれた京女の八州子にとって、東京は遷都先《せんとさき》ではなくあくまでも奠都先《てんとさき》なのだ。

四年前の帰国を機に親交を持ったこの大叔母と、不思議なほど妃奈子は馬が合う。朝子に連れられて挨拶に来たのが最初の顔あわせだが、それから自然と親しくなり、通学路に近いということもあり、一人でもちょいちょいと訪ねるようになっていた。学校帰りの寄り道に良い顔をしない朝子も、この大叔母の家だけはやかましいことを言わない。退官後も京都に帰ることをせず東京に留《とど》まり、女官時代から仕えていた侍女と、新たに雇った下女という他人ばかりの女が三人暮らす家には、身内として気がかりがあったのだろう。妃奈子が様子を見に行ってくれれば、それで安心できる。

それとこれは朝子には内緒にしているが、いつの頃からか妃奈子は八州子に英語を教えるようになっていたのだ。八州子が退官後の趣味として学びたがっていたので引き受けたのである。

この世代の良家の女性には珍しくないが、八州子は学校には行かずに家で教育を受けたのだという。当時は女子教育が確立していなかったのもあるが、女がなまじ学問などすると生意気になって嫁の貰《もら》い手《て》に困るという風潮がいま以上に強かった。賢母としての教育すらない、ひたすら夫に従順であれとされた世代である。

その反動なのかどうかは分からぬが、娘時代に学べなかった外国語と歴史の勉強に日々勤《いそ》しんでいる。ちなみに古典にかんしては元から知識も豊富で、算術は四則計算ができればいいという持論で手をつけていない。

この稽古は一方的な献身ではなく、妃奈子にも利点はあったのだ。八州子と話すことは楽しかったし、勉強中に出してもらう高級な茶菓子も魅力だった。ときどきは小遣いをもらうこともできた。

なにより人前で披露すればひけらかすなどはしたないと言われてきた英語力を、ここでは思う存分発揮できる。それは妃奈子にとって、帰国してからずっと抑圧されて溜《た》まりきった鬱屈《うっくつ》を、少しだが解消する術でもあったのだ。

しかし、それも結婚してしまえばどうなるか分からない。世話になった大叔母を訪ねることも、人妻となれば控えねばならぬのだろうか。そんな不自由な思いをするのなら一生一人でいたほうがましだと思うが、女として生まれたからには結婚は避けられない。男性のような働き口もない女は、そうしなければ衣食住すら事欠くからだ。承知はしていてもこの見合い話を受け入れる気持ちにはなかなかなれず、こんなふうに仮定で結婚生活を想像しただけでも嫌悪が胸にこみあげてくる。

黒文字（つまようじ）を握る指に力をこめ、妃奈子は乱暴に羊羹を切り分けた。はずみで九谷焼の菓子皿がガタンと音をたてた。

「ご、ごめんなさい。手が滑《すべ》ってしまって」

「なんや、気がはやったのか。確かにその羊羹は美味《おい》しいよってな」

冗談交じりの八州子の口ぶりに、切羽詰《せっぱつ》まっていた気持ちも少し解《ほぐ》れた。本当に美味しいですね、と笑って返す余裕もできた。

「大叔母様にたいそうお世話になりましたので、本当は卒業式のあとすぐにお伺いしたかったのです。けれど思わぬことが起きて――」

そう前置きをしてから、妃奈子は純哉とジョリス親子との経緯を語った。話を聞き終えた八州子は目を細めた。

「それはええことしましたなあ」

「困っている人を助けられたことは嬉しかったけど、そのおかげでこちらにご挨拶に伺えませんでした」

「それはかめしまへんが……それよかあんた、一人やったんか？」

「いやだ、大叔母様。いまさらなにをおっしゃるの。私、通学はいつも独《ひと》りでしたよ。子供じゃないのだから」

お付きの女中がいるような家格の家ではない。これは妹の奈央子も同じである。行きは妃奈子と一緒だが、帰りは時間がちがうので、入学して間もない頃はさすがに女中が迎えに行っていた。しかし三年生に上がる頃には一人で帰れるようになっていたし、同じ方角の士族の友達が複数名いるというから安心だった。

「……ああ、せやな」

歯切れ悪く八州子は言った。そこでこの話はいったん終わったが、含みを残した物言いが気になった。妃奈子は気持ちを切り替えるよう明るく話し出す。

「そういえば卒業式には、摂政宮様がおいでくださったのよ」

「お出《い》でやない。行啓や」

ぴしりと否定されたが、その声音に毒はない。情深い教師が生徒の不見識を注意するような物言いだった。だから妃奈子は肩をすくめつつ「でも行啓って、皇后宮様や皇太子様へのお言葉じゃないの？」とひるまず問うた。

「摂政宮さんは、御上《おかみ》（天皇）の准母《じゅんぼ》の称号を賜っておられる。せやからそのお立場は皇太后陛下にならうのや」

「ああ、そうなのね」

准母の意味は、授業で聞いたことがある。文字通り天皇の母に准ずることだ。一般的に内親王が賜る待遇である。

「とてもお美しくて、素敵な方だったわ。高説も素晴らしくて。大叔母様は、摂政宮様とお会いしたことがあるの？」

「もちろん。皇后宮さんがお産みになられた、唯一の宮さんやもの。そのときは涼宮様とか姫宮様とかお呼びしていたけどな。背が高くてすらりとして、洋装をお召しになられたときなぞ、西洋の女優さんのようやった」

「卒業式には和服をお召しになっておられたわ。とはいっても普通の着物ではなくて袿袴という装束だったけど」

「袿袴か。それは宮中の礼服や」

「礼服なの？　それなら私達が着るもので言ったら、紋付や尋問服《ヴィジティング・ドレス》にあたるものかしら？」

「私《あて》は洋装のしきたりはよく分かりません。そんなんは妃奈子はんのほうが知っているやろ」

「尋問服は昼間の礼装よ。夜は夜会服《イヴニング・ドレス》になるから。洋服は昼と夜で衣装がちがうのよ」

「そら、面倒やな」

二人で声をたてて笑いあった。

八州子の説明では、袿袴には礼服と通常服があり、仕立ては同じだが袿《うちき》の地質で分けられるのだという。礼服は格の高い二陪織物《ふたえおりもの》で、通常服はもう少し手軽な先染めの地文様入りの織物を使うそうだ。

「摂政宮様についてらした女官の方々も、同じ装束を召していらしたわ。色や柄はちがっていたけどね」

「それはおそらく内侍《ないし》さんですやろ。摂政宮さんは皇太后様と同じお立場やから、女官が付いていても不思議ではない」

正直なんのことだかよく分からない。話の前後からして、内侍というのは女官の職種のひとつのようだが、それは内親王ではなく皇太后に付く立場なのだろうか。あまり初歩的なことを細かく訊くのも憚《はばか》られ、妃奈子は黙って羊羹を咀嚼《そしゃく》した。

「私《あて》が出仕をはじめた頃の女官の仕事着は袿袴ばかりやったけど、退官の間際はだいぶん洋服も着るようになっていたな」

「そうなのね。大叔母様が洋服を着ているところなんて想像がつかないわ」

男性には一般的となった洋装も、女性はまだ珍しい。妃奈子が帰国直前に着ていた洋服は少し丈《たけ》が短いくらいでいまでも着られないこともないのだが、この国で女が普段着として洋服を着ることはなかなか身構えてしまうことなので、いまは箪笥《たんす》の肥やしになってしまっている。

「着慣れているかどうかもあるけど、袿袴はあんがい動きやすいものや。お太鼓を結ぶ着物よりは楽かもしれん」

「そうなの⁉」

妃奈子は驚いた。見るからに仰々しい印象だったので意外だった。しかし思い出してみれば、腰回りも緩《ゆる》く締めてあったし、お太鼓や帯枕《おびまくら》がないのなら背中は普通の和装より楽なのかもしれない。

「それなら一度着てみたいわ」

「ほんなら、あんたはんも女官になってみたらどうや」

湯呑みを持つ妃奈子の手が固まった。あまりに唐突過ぎる勧めに、瞬時に理解が追いつかなかった。

目を白黒させる妃奈子に、八州子は「どや？」と訊く。どうも戯言《ざれごと》ではなさそうだ。

妃奈子は煎茶を一口すすって気持ちを落ちつけようとした。

「……どうしたの、とつぜん？」

「女官になったら、見合いをしなくてもすむやないか」

予想もしない理由に虚をつかれる。自分は八州子に、見合いが嫌だと話しただろうか？返事よりも先に、まずそのことを考えた。気乗りはしないと言った気はする。年が離れすぎていて、しかも成人した子供が三人もいるのよと愚痴《ぐち》めいて零《こぼ》した覚えはある。けれど朝子が、それが妃奈子にふさわしい相手だと言うから、しかたがないと諦《あきら》めて、あまりしつこくは繰り返していなかったと思うのだが。

不思議な顔をする姪孫に、八州子は抑揚《よくよう》のない声で訊いた。

「どうや？」

「……どうして？」

その問いには、様々な意味が含まれていた。単純に、なぜ見合いをせずに済むのか？なぜ女官なのか？ また別の側面から、朝子が良縁と言うこの見合いを、なぜ阻《はば》もうと働きかけてくれるのか？ そもそもなぜ、妃奈子の屈託を感じ取ってくれているのか？

「働いて自分で糧を得られれば、意に添わぬ結婚を甘受する必要はない」

きっぱりと八州子は言った。

「朝子さんはかけらも疑っていないようやけど、この縁談が若いあんたにふさわしいものだとは、私はどうしても思えへん」

八州子のこの言葉を聞いたとき、妃奈子の眸に自分でも意識をしない涙がにじんだ。

そうだ。私はずっとそう思っていた。

十八歳の娘の結婚相手として、父親より年長のやもめが適しているはずなどない。常識的に考えても不自然だ。もちろん世の中には年が離れていても仲睦《むつ》まじい夫婦はいるのだろうが、妃奈子は端《はな》からこの年齢差を嫌悪している。

けれど母は言うのだ。妃奈子のようなエクセントリックな娘には、伊東さまのような男性がふさわしいと。資産家だから多少の不満があっても我慢しろではなく、三、四年のうちに五十にもなろうという年寄りがふさわしいというのだ。それはひどく妃奈子の自尊心を傷つけた。

もしもこの縁談が、支援目当ての政略結婚であればかえって開き直ることができたかもしれない。父親のいない家の家計を助けるためにと懇願《こんがん》されれば、涙を呑《の》んででも家族を救うためだと胸を張れただろう。

だけどそうじゃない。エクセントリックという言葉に包まれた、朝子の腹を痛めて産んだ娘に対する卑下や否定。それをひしひしと感じていたから、妃奈子はこの縁談を甘受せねばならぬと自分に言い聞かせていたのだ。

「大叔母様……」

妃奈子は涙のあふれた眸をむける。

「私、お見合いなんてしたくないの」

「それは、そうや」

八州子は迷うことなく同意した。

「たとえ結婚するにしても、あんたはんのように若くて才能のある娘には、もっとふさわしい人がいますやろ」

あふれた涙が頰をつたい、顎《あご》の先に落ちる。八州子の言葉は濠《ほり》に流れる水のように、妃奈子の心の深い部分に沈殿していた鬱屈を静かに押し流した。

私は誰かにずっとこう言って欲しかったのだ。結婚相手に対する嫌悪よりも、自分を卑下されることが辛《つら》くてならなかったのだ。私はそれほど無能な人間なのだろうか？　十八歳という若さで、五十近いやもめが過ぎた相手だと言われるほど、どうにもならない娘なのか？

とうてい納得などできなかったが、母や周りの反応では認めるしかなかった。

けれど、いまはじめて八州子が否定してくれた。堰《せき》を切ったように感情があふれ、妃奈子は嗚咽《おえつ》を漏らした。肩を震わせる姪孫を、八州子は静かな面持ちで見守っていた。

ひとしきり泣いたあと、妃奈子はそろそろと顔をあげる。八州子はどうということもない表情で急須《きゅうす》に鉄瓶《てつびん》の湯を注《さ》し、自分と妃奈子の湯吞みに熱い茶を淹《い》れた。

「飲みなさい。落ちつきますよって」

妃奈子は素直に茶を喫した。熱い液体が喉《のど》を下ると、確かに気持ちが落ちついた。

一息置いてから、話題を現実的なものに切り替える。

八州子曰《いわ》く。女官となることを勧めたのは、その場しのぎの思い付きではない。実は昔の同僚から、誰かを推薦して欲しいという依頼は受けていたのだという。

「私に、宮中でのお仕事が務《つと》まるかしら……」

「採用の可否を決めるのは、奥の方（高等女官を指す）や。そやけどお目見得《めみえ》（この場合は採用試験）を受ける受けないを決めるのはあんたはん次第や」

八州子の答えが、妃奈子の能力と決意のほどのどちらを指すのか判断できなかった。ゆえに返答ができないでいる妃奈子に、八州子は嚙《か》んで含めるように語りはじめた。

「正直、あんたはんに宮中の女官がふさわしいとは私も思うてへん。いかんせんしきたりがやかましくて、それでなくとも日本の習慣に不慣れなあんたはんが適応できるかどうかを問われると首をひねってしまう」

宮中、それも女官の勤める御内儀というものがいかなる場所なのか、妃奈子に限らず世間は誰でも憶測しか持っていない。表である御学問所なら幾許《いくばく》かの証言もあるが、帝が日常を過ごす御内儀で見聞きしたことは、いかなることでも親兄弟にさえも話してはならぬと決められているのである。それだけは世間にも知られている。八州子も差しさわりのない思い出話はするが、せいぜいそこまでである。

ただその箝口令《かんこうれい》の存在だけで、容易な場所でないことは分かる。ましてあの裃袴のような時代がかった衣装を日常的に着けているとしたら、どれほど厳《おごそ》かな場所であろうかと想像しただけでひるんでしまう。まして自分のように日本の常識に疎《うと》い娘が、そんな場所で採用されるとも思えない。

けれど妃奈子には他の方法がない。お目見得を受けなければ、伊東さまとの見合いをしなければならない。それは絶対に嫌だ。面識のない伊東さまに対する嫌悪より、母を筆頭とした世間の自分に対する悪い評価を甘受したくない。

私は、もっとできるのに――。

琴は弾けなくても、ピアノは弾ける。茶の湯が分からずとも、ワルツはそこそこに踊れる。けしてうまくはないけれど、人並みのものではある。

だが、なによりも語学だ。和歌は読めずとも英語は通弁（通訳）並みに操れるし、フランス語だって少しは分かる。この国にそんな能力を持つ娘はそうはいないはずだ。純哉の言葉がよみがえる。

――これほど能力の高い女性の存在を知ったからには。

そうだ。私という人間にはもっと価値があるはずだ。

妃奈子は深々と頭を下げた。

「大叔母様、お願いです。どうかお目見得を受けさせてください」

「受けても、採用されるかどうかは分かりませんよ」

「それでもかまいません。なにもせずにいるよりは、可能性に挑みたいのです」

お目見得を受けたところで、妃奈子の現状では採用されない可能性も高い。けれどそれは女官としての適性の問題であって、妃奈子の能力を否定するものではないのだ。もしそれが駄目なら他の手段を考えればよい。

（私にだって、できることがある）

それにお目見得を受けることで、ひとまず見合い話の回避ができる。少なくとも延期にはなるだろう。まずはそれだけで十分だ。

卓上に手をついて身を乗り出す妃奈子を、八州子は気圧《けお》されたように見上げる。そのまま二度ほど目をしばたたかせ、やがて彼女は深くうなずいた。

「分かりました」

目に歓喜の色を浮かべる妃奈子に、はっきりと八州子は言った。

「朝子さんには、私がうまく話しておきましょう」

お目見得の日。妃奈子は朝子に連れられて百貨店の美容室に行き、生まれてはじめて島《しま》田髷《だまげ》を結った。白粉《おしろい》をはたき紅をさし、少し前に仕立て上がっていた振袖に薄珊瑚色《うすさんごいろ》を基調にした綴《つづれ》の帯をふくら雀《すずめ》に結ぶ。そうして飾りあげた、鏡の中に立つ別人のような自分に妃奈子は目を見張った。

「良かったわ。急いで調製したわりにはぴったりで」

朝子は満足気だが、妃奈子はどうにも居心地が悪い。年頃の娘らしく洒落《しゃれ》っ気《け》はあるから、着飾ること自体は嫌いではない。ただこの様相が自分に似合っているのかどうかが分からない。

「……おかしくない？」

「そんなことはないわ」

朝子が言うと、着付けも請け負った中年の女髪結いが「よくお似合いですよ」と愛想《あいそう》良く同調する。世辞だとしても悪い気はしない。そうかなと思ってもう一度鏡をのぞきこんだとき、朝子が吐息を漏らした。

「ただ、あなたにはもう少し色が濃いもののほうが似合ったかもしれないわね。お見合い用には柔らかい色味のほうが好ましいと思ったのよね」

確かに妃奈子の顔立ちや肌には、淡いものより濃い色のほうが映える。しかしこの間合いでそんなことを言われては、水をさされた気持ちにしかならない。妃奈子は鏡から目をそむけた。朝子と髪結いはやりとりを交《か》わしている。

「では、写真の予約はいったん取り消しということでお願いするわね」

「承知いたしました」

「まさかこんなお話をいただくなんて、思いもよらなかったわ。伊東さまには申し訳ないけれど、宮内次官のご依頼とあれば断ることもできないものね」

などと愚痴めいた物言いをする朝子だったが、客観的にそれは自慢にしか聞こえなかった。彼女は名も知らぬ髪結い相手にまで、宮内次官とも縁があるという優越感に浸りたいのだった。

妃奈子の胸中には、具体的な言葉にできないもやもやが渦巻く。妃奈子でなくとも子供も十八歳にもなれば、親は完璧な存在ではなく、その言動にときには矛盾があることは理解しはじめる。

しかし母親の俗物ぶりに冷ややかな眼差しを向けるほど、妃奈子は割りきった娘ではなかった。それができるのなら、帰国後の四年間をここまでこじらせていない。エクセントリックやら賢しらやら、折りに触れて繰り返された朝子からの卑下の言葉を素直に受けとめた結果、妃奈子はすっかり自信を喪失してしまっていた。

母心だというのは分かっている。朝子には朝子の価値観があり、それがこの国の主流なのだ。婦人として人並みの幸せを得て欲しいと願い、母はエクセントリックな娘をなんとかして矯正しようとしたのだ。悪いようにするつもりではなかった……はずだ。

髪結いは、客商売をする者としての愛想を心得ていた。

「私も長くこの仕事をして参りましたが、宮仕えのためのお仕度を手伝ったのははじめてでございます」

ちょっとわざとらしいほどの感嘆の声に、朝子は得意げな顔で答える。

「東京ではそうなのでしょうね。宮中の女官は、基本的に公家かそれに縁《ゆかり》の家筋からしか選ばれないから」

「それでは奥様は、もともとお公家さまなのでございますか？」

「いやだ。公家と言ってもそんな大層な家でもないのよ。堂上家でも下のほうの名家《めいか》ですもの。それにいまは嫁いでいるから、私自身はすでに華族ではないのよ」

名家というのはかつて六つに区分されていた公家の家格で、五番手にあたる家柄のことをいう。これも六番手の半家《はんけ》や、地下《じげ》出身の者が聞けばかなりの嫌みである。幸いなことに女髪結いは堂上家も名家も意味が分からなかったとみえて、辟易《へきえき》したふうもなくひたすら愛想笑いを浮かべていた。

心行くまで自慢をして店内では終始上機嫌だった朝子だったが、美容室を出たところで思いついたようにぼやく。

「女官として採用されてしまったら、ますます縁遠くなってしまうわね」

「お母様、もうそれはおっしゃらないで」

うんざりしながら妃奈子は返した。伊東さまと結婚するくらいなら一人でいたほうがましだと正直なことを言えば、またエクセントリックと言われるだろうから黙っていた。

お目見得を受けさせて欲しいと涙ながらに懇願した翌々日、八州子が訪ねてきた。彼女は妃奈子を前にしても先日の自分とのやりとりには露ほども触れず、姪の朝子に女官推薦の件を切り出したのである。

『女官長の藪蘭《やぶらん》のすけさんが欠員の補充を宮内省に依頼なさって、それを受けた宮内次官から誰かいい人がいないかと頼まれましてね。あの人も私の奉職中はどうということもない若い侍従さんだったけど、ずいぶんと出世したものやわ』

宮内次官という役職名に、朝子はあきらかに目の色を変えた。文字通り宮内省の次官である。長官は宮内大臣だからかなりの要職だ。

『ありがたいお話ですけど、うちの娘に務まりますものか……』

『そのためのお目見得や。あかんと判断したのなら、不採用になります。だとしても外国暮らしが長いということは伝えているから、多少のずれたことをしても非常識だという評価にはつながりませんやろ』

朝子の懸念に、あっけらかんと八州子は答える。

説得してもらう立場でこんなことを思うのもなんだが、非常識ではないという言い分はちょっと楽天的な気がした。なにしろ帰国してもう四年も経《た》っているのだから、ある程度は習得していてもよいはずだ——そう朝子も言っている。

帰国した当初は、朝子も妃奈子に対しても作法や稽古事をつけるのに熱心だった。けれどあまりにも妃奈子が上達しないから、一年過ぎた頃には完全に匙《さじ》を投げられてしまっていた。乾いた砂が水を吸うように覚えの良い奈央子に、母親として朝子が心血を注ぐのはとうぜんの結果で、この一連の流れを考えれば、長い外国暮らしを理由に非常識を免除してもらえるとは思えなかった。

『宮内次官から直々に頼まれたとあっては、私もむげに断るのも心苦しい』

八州子はわざとらしく眉を寄せたが、一昨日《おととい》はそんな切羽詰まった状態だとは一言も聞いていなかった。朝子を説得するため詭弁《きべん》を弄《ろう》してくれているのだ。八州子に感謝しながら妃奈子は母親の反応をうかがった。

『なにしろ女官は独身であることが基本。ましてひとたびお勤めをはじめれば、当分結婚は考えられない。十年勤めれば三十路《みそじ》も間際や。こうなれば完全に嫁《い》き遅れで、それを考えるとどこのお家《うち》でも娘はんを奉仕させるんは躊躇《ためら》われはる』

内心で妃奈子はどきりとした。結婚が厳しくなるという証言にではない。そもそも伊東さまが相手であれば、結婚などしたくないと思っていた。十年先の将来、あるいは妻とならず母とならない女の生涯がどんなものかを真剣に考えるには、いくらなんでも妃奈子は若すぎた。

妃奈子が驚いたのは、八州子が女官勤めの弊害を殊更強調することだった。そんなことを聞けば朝子も不安をあおられ、ますます説得が難しくなってしまうではないか。

(大叔母様、どうして?)

妃奈子はすがるように八州子を見る。しかし彼女からは、微塵《みじん》の戸惑いも感じられなかった。いっぽうで朝子は、口許に指を当ててじっと思案していた。嫁き遅れという単語が出た段階で即座に拒絶されるかと思っていたので、この反応は意外だった。考えてみれば八州子を前に、あからさまな嫁き遅れ非難はできるわけもないのだが。

やがて朝子は指を離し、妃奈子に顔をむけた。

『あなたはどうしたいの?』

単刀直入に意向を問われ、妃奈子は驚いた。というのも帰国してから、母が妃奈子に意見を求めることなどほぼなかったからだ。一般的に良家と呼ばれる家の子女は親の意向に従うものだから珍しいことでもなかったのだが、妃奈子の場合は特に、エクセントリックさゆえに判断を委《ゆだ》ねられないと言うのだった。

それなのにこの場合にかぎって、こんなことを訊く。つまりそれだけ朝子も思いあぐねているということなのだろう。娘が生涯独り身となるかもしれないなどと、朝子にかぎらず世の親は、考えただけで胸がつぶれる思いであろう。

しかし八州子からここまで懇願され、まして宮内次官までかかわっているとなればむげに断れない。最終手段として娘の意向を尋ねたというところだったのか。

一も二もなくうなずきたい気持ちを抑え、妃奈子はひとつ息を吐く。

『大叔母様には、お世話になったから』

意気込んではなく、あくまでも自分に義理立てしたふうを装って答えるようにと事前に八州子から指示されていた。確かにあまりに意気揚々と答えては、見合いをつぶそうという本音に気づかれてしまう。

『私が行くことで、大叔母様の顔が立つのなら』

そう妃奈子が言ったことで、朝子は戸惑いながらもお目見得を受けることを了解したのだった。見合いをする前だったのが本当に幸いだった。応じてしまえば事実上結婚に承諾したも同然だから、そうであったのならさすがの八州子も、お目見得を諦めさせる方向で妃奈子を説得しただろう。

伊東さまに事情を説明し、見合い話が解消となったことを朝子から聞いたときは心からの快哉《かいさい》を上げたかったが、さすがにそれは控えて『申し訳ないことをしました』と神妙に答えておいた。

そうして迎えたのが、本日のお目見得である。

百貨店の出口で待たせていたタクシーに乗りこみ、宮城《きゅうじょう》にむかった。帰国してからタクシーに乗るのははじめてだったが、百貨店が手配した車だけあって清潔で、運転手も礼儀正しかった。

ぴかぴかに磨いた車窓から外をのぞくと、遠く春霞《はるがすみ》の空の下に赤煉瓦《あかれんが》街の背の高い建物が建ち並んでいるさまが見える。東京駅界隈《かいわい》のあの付近は、かつては大名屋敷が並ぶいまでいう高級住宅街だった。しかし御一新後それらの建物は取り壊され、一時期は野生の動物が出没するほど荒れ果てていたという。しかし数十年の時を経《へ》たいまは、数多《あまた》の官庁や財閥が手掛けた瀟洒な建物でにぎわっている。

堀にかかった橋の前にタクシーを停《と》めると、そこには八州子が立っていた。京鼠の色無地に銀色の袋帯をきりりと締めている。その彼女の横には、学生服を着た十二、三歳ほどの少年が寄り添っていた。二人の背後には延々と伸びた石垣越しに、宮城と思《おぼ》しき洋館の上階と、小山のように巨大な御苑《ぎょえん》の緑が広がっている。

妃奈子と朝子はタクシーを降りた。ここから八州子に連れて行ってもらうことになっており、朝子は帰宅するのでタクシーは待たせたままにしている。

八州子は妃奈子の振袖姿に目を細めた。

「これは可愛《かい》らし」

「叔母様、本日はどうぞよろしくお願いします」

朝子が深々と頭を下げる。その姿は、娘を心配する母親そのものであった。朝子が彼女なりに娘のことを考えていることは感じている。ただ彼女が良かれと強いることが、ことごとく妃奈子の望みとはかけ離れているから辛い。

「どうぞ頭など下げずにいてちょうだい。そもそも私が無理難題を押し付けたのだから」

八州子は鷹揚《おうよう》としているが、朝子はやはり不安そうだ。不出来な娘が高貴な方々の前でなにか非礼なふるまいをしはしないかと気もそぞろなのだろう。

「では、お二方はこちらに」

少年が橋を指し示す。彼は侍従職出仕《じじゅうしょくしゅっし》という役職で、御内儀における帝付きの側近といえる立場にあるとのことだった。

宮城は御内儀、御学問所、宮殿の三区域に分かれている。奥とも呼ばれる御内儀は、帝と皇后宮の生活空間で女官達が奉仕しており、成人男性は皇族でも入ることができない。ちなみにだが南北朝統一以降、唯一の存在となった帝は皇族には含まれない。

侍従職出仕は、表と呼ばれる御学問所や宮殿で働く侍従をはじめとした成人男子と、彼らが入ることのできない奥の御内儀の間を取り次ぐ役目を担う少年達である。基本は華族学校に通う生徒から召しだされる。

「妃奈子さん、参りましょう」

八州子の誘いに妃奈子が足を動かそうとしたとき、朝子から手首をつかまれた。妃奈子は目を瞬かせる。

「お母様?」

「いいですか。あまり出しゃばった真似をして、生意気や無知をさらしてはだめよ」

食い入るように娘を見る朝子の眸は真剣だった。高貴な方々の前で粗相をしては、妃奈子自身はもちろん、妹の奈央子の将来にまで差しさわりがでるかもしれない。お目見得を目前にして急に不安になったのだろう。親心といえばそうなのだが、緊張しながらも意気込んでいた妃奈子はひどく嫌な気持ちになった。


御門をくぐって前栽《せんざい》に囲まれた通路をしばらく進むと、やがて瓦屋根《かわらやね》の巨大な建物が見えてきた。それは住居というには不自然な構造で、どちらかというと寺院の本堂のような建物だった。

「まあ、なんにも変わってありゃしゃりませんな」

目を細めつつ言う八州子に、妃奈子は「これは、なんですか？」と尋ねた。

「なにを言うてますの。これが御上がお住まいの御内儀や」

「え⁉」

妃奈子は驚きの声をあげた。宮殿という名称から、欧米式の建物を想像していた。だから橋から見えた洋館がそれだと思いこんでいたのだ。そろりとあたりを見回すと、少し離れた北の方向にその建物が見つかった。

「私、あちらがお住まいだと思っていました」

「あれは宮内省ですよ」

出仕が笑いながら言ったので、妃奈子は頬を赤くした。

なるほど双方の建物の間には、木立を抜けるようにして歩道が伸びている。この距離であれば、なにかあったときにすぐに行き来ができるであろう。

「宮城の外観は、昔ながらの寝殿造りを踏襲していますのや。妃奈子さん、寝殿造りは分かりますか？」

「えっと、日本の建築様式の種類ですよね。あと校倉造《あぜくらづく》りとか書院造りとか……」

初等教育を日本で受けていないので、こういう知識はからきし弱い。父も娘の帰国後の混乱を考えて留学中の日本人学生を家庭教師として雇っていたが、それでも最低限の知識である。

「そうや。その寝殿造りや。京都の御所を模したのですやろ」

こちらが京都の真似をしたというところに、八州子の京女としての矜持《きょうじ》を感じる。しかしぱっと見たかぎりでは、どうしたって宮内省庁舎のほうが豪勢である。御内儀の建物には日本建築の静謐《せいひつ》な美しさがただようが、居住空間とするには違和感がある。そんな思いで双方の建物を見比べていると、木立に囲まれた宮内省からの道を誰かが歩いてきていることに気づく。

洋服姿の婦人だった。背が高く姿勢が良いので、最初は外国人かと思った。頭身が高いので、つばの大きな帽子をかぶっていても均整が取れている。

「……宮様？」

ぼそりとした八州子のつぶやきが聞こえたとは思えなかったが、婦人はこちらに目を留めた。

（宮様？）

そのことに妃奈子が考えを巡らせる前に「お前、竜胆内侍《りんどうのないし》か？」と女性が叫んだ。優雅な姿とは裏腹な、少年のように威勢のよい声だった。最初は彼女ではなく別の人が声をあげているのかと思った。

「ええ、そうでございます」

いつになく八州子も興奮しており、見ると出仕もぴんと背筋を伸ばしている。

大股《おおまた》で近づいてきたその婦人は、勿忘草色《わすれなぐさいろ》のふんわりとしたワンピースを着ていた。柔らかな絹地で、広く開いた襟元には一連の長いパールのネックレスがかかっている。目深にかぶった帽子で顔はよく見えないが、ここまで洋服をそつなく着こなす女性は日本にそうはいない。

「はい、ご無沙汰《ぶさた》しております。涼宮様」

覚えのある名称にはっとしたとき、間近まで来た婦人が帽子を取った。断髪がよく似合う瓜実顔《うりざねがお》の美貌の持ち主は、摂政宮・涼宮梢子内親王だった。卒業式のときに拝した袿袴姿とは別人のような出《い》で立《た》ちである。

妃奈子の驚きをよそに、涼宮は八州子にむかってぐっと距離を詰める。

「久しいな。今日はどうした？　藪蘭《やぶらん》あたりに会いに来たのか」

「藪蘭のすけさんにはお会いすることになると思いますが、本日の参内の目的はご機嫌うかがいではございません」

二人が口にする藪蘭という名称は先日も聞いた気がするが、どういう存在なのかまったく分からない。会うというからには人の名なのだろうか、まるで芸者の源氏名のようではないか。

「実はこちらにおります私の姪孫《てっそん》が、女官のお目見得を受けることになりまして」

「女官？　ああ、そういえば新人を探していると言っていたな」

涼宮は妃奈子を一瞥《いちべつ》した。間近で見る涼宮は本当に美しい婦人で、思わずため息が漏れそうになる。ふんわりとした生地《きじ》のフェミニンな衣装なのに、喋《しゃべ》り方も表情も凛々《りり》しくて宝塚《たからづか》の男役でも見た気持ちになる。

涼宮は、きれいに紅を重ねた唇をほころばせた。

「そうか。竜胆の身内なら確かだろう。健闘を祈るぞ」

妃奈子は緊張が頂点に達してしまい、とっさに言葉を返すことができなくなった。通常であれば〝ご期待に添えますように〟の一言くらいは言えるだろうに。

「あ、ありが……」

「摂政宮様！」

宮内省の方角から、三つ揃《みぞろ》いを着た男性が走り寄ってきた。声がひどく焦っている。距離が近づいたところで妃奈子は目をすがめた。息を切らす若い男性に見覚えはあったが、涼宮同様にあまりにも印象がちがっていたので、しばしの間まさかの疑念が消せなかった。

「お一人で行ってしまわれないでください。大夫《だいぶ》があわてておりました」

摂政宮にまっすぐ抗議する青年は、高辻純哉だった。

涼宮もそうだったが、こちらも負けず劣《おと》らず初対面との印象が異なる。目を円《まる》くして自分を見る妃奈子に、純哉は怪訝そうに眉をよせ、そののち〝あっ〟と声をあげた。

「妃奈子さん⁉」

名を呼ばれ、胸がきゅっとなる。

「は、はい。えっと、高辻さんですよね？」

「ええ。いや、どなたかと思いました」

しみじみと純哉は言うが、それはこっちの台詞《せりふ》である。羽織袴姿も若者らしい清潔感があったが、このスーツ姿はちょっと着慣れていない感じが初々しくて違った魅力があった。

「なんだ、お前達は知り合いなのか？」

涼宮が二人の顔を交互に見比べた。ジョリス母子の件を聞いていた八州子は、なんとなく察したような顔をしていた。

「はい。私が宮内省で奉職をはじめる前ですから、三月の中頃でしょうか」

この言葉で、純哉が宮内省の新人であることが分かった。しかしまさかこんな偶然が起ころうとは、とつぜんのことすぎて感情の整理ができない。

「そうか。不思議な縁もあるものだな。新しい女官候補だそうだ」

「そうなのですか？」

純哉は驚いた顔をする。涼宮に対するとも妃奈子に対するとも取れる反応だった。

妃奈子は緊張と気恥ずかしさから、言葉ではなく小さくうなずいて返すしかできなかった。けれどその胸の内では、これはどうあっても女官として採用されたいという思いを強くしていた。宮城の内情も仕事内容もよく分からぬが、女官と宮内省の役人であればきっと会う機会もあるだろうと思ったのだ。

友好的かつ見栄えのよい異性に親しみを抱くのは、若い娘としてごくあたりまえの反応で、妃奈子はそれを特別なことと意識していなかった。ジョリス夫人を介して純哉の名を知ったときから、いやその少し前に〝妃奈子さん〟と名を呼ばれたときから、彼に対する思慕が芽生《めば》えていたことなどまったくの無自覚だった。

（お目見得、頑張らなきゃ）

緊張よりもやる気が増す。本来であれば、妃奈子はそういう気質の娘だった。帰国して華族女学校に編入した直後も、よく学び、友達も作ろうと張り切っていた。けれど慎ましさこそが女の美徳、不満があってもあれこれ言うようでは、生意気だと人に嫌われて嫁いでから困るという価値観を持つ同級生の中では、どうしたって空回りする。いつしか妃奈子は、学校でなにかをすることを諦めるようになってしまっていた。

意気込みを以て物事に当たろうとするなんて何年ぶりだろう。頑張ろう。胸元できゅっと手を握った妃奈子の脳裡《のうり》に、とつぜん朝子の言葉が浮かび上がった。

——あまり出しゃばった真似をして、生意気や無知をさらしてはだめよ。

つい先程まで弾んでいた心が、瞬《また》く間《ま》に萎《な》える。

そもそも女官という職種が妃奈子に適していないであろうことは、推薦した八州子も案じていた。それを妃奈子が押し切ったのだ。そうしなければ伊東さまと見合いをしなければならなかったから。

どこよりもしきたりを重んじるという宮中という場所が、自分に適しているとは妃奈子も思っていない。ただでさえこの国の慣習に疎いというのに、よくよく身の程知らずな挑戦をしたものだと思う。

「そりゃあ、いいですね」

潑溂とした純哉の声が、妃奈子の煩《わずら》いに矢を穿《うが》った。

はっとして顔をむけた先で、純哉は涼宮に語りかけていた。

「宮様、彼女は英語にかんして素晴らしい能力の持ち主です。英国領事夫人の折り紙付きですからね。もしもご採用ということであれば、外国使臣との通弁は完璧に任せられますよ」

まるで身内を自慢するような純哉の語り口に、妃奈子は頰を赤くする。対して涼宮がちょっと呆れた顔で肩をすくめ、傍《はた》で聞いていた八州子が場を取り持つように言った。

「そんな大それたことを。宮城にはれっきとしたお通弁がおりますでしょう」

「そもそも外国の使臣は、内儀には入ってこないからな」

苦笑交じりに涼宮が付け足す。御内儀が侍従でさえ立ち入りが許されない帝の私生活の区域であるなら、とうぜん外国使臣は入ってこないだろう。となると自分の武器がひとつ削られることになる。

とはいえ、いまさらひるんだところでどうにもならない。

朝子の忠告で沈みかけていた気持ちが、純哉の称賛で立ち直った。

伊東さまとの見合いを回避するという最大の目的は果たせたのだから、これ以上は贅沢《ぜいたく》というものだ。見込みが薄くとも機会を作ってくれた、そして時間を割《さ》いてくれた人達への誠意として、お目見得には真摯《しんし》にあたらねばならない。

前向きとも開き直りともつかぬ言葉を内心で言い聞かせているところに、ふと視線を感じた。顔をむけると、涼宮がこちらを見ていた。好奇心に満ちた眼差しは、けして嫌な感じではなかった。目があうと涼宮は口許を緩め、不快にならない程度の気楽な口調で言った。

「とはいえ新陳代謝のためには、お前のような者が一人いるほうが良いのかもしれぬ」

純哉と涼宮と別れたあと、出仕に導かれて建物に入った。宮城は御内儀も含めて三ヵ所に区分されているという説明だったが、中に入ってからは自分がいまどこにいるのかも分からずに、板張りと絨毯《じゅうたん》敷きの床を交互に、豪奢な柄を描いた格天井《ごうてんじょう》に目を奪われながら進んだ。

外観は寝殿造りにも似た古風な建物だったのに、中は和洋折衷というのか、室内の中央に廊下が通っている。中廊下を配置するのは比較的近代的な建築洋式だ。絨毯を敷いた広い廊下は、一般の家からすれば部屋と呼んでもよさそうな立派なもので、それ自体をじっと目にしたことはないので断定はできないが、下町の長屋二戸ぶんぐらいの面積は余裕でありそうだった。その奥にある和室に、妃奈子達は連れていかれた。広い部屋には、茶簞《ちゃだん》笥《す》と箱火鉢が置いてある。

「こちらでお待ちください。担当の者が来たら呼びにまいります」

座布団を二つ敷いて、出仕は出ていった。呼びに来るということは、お目見得はここで行われるわけではないのだろう。ぼんやりと立ち尽くしている妃奈子の横で、八州子は「ほんま懐《なつ》かしいわ」と言いながら座った。

「大叔母様、ここは休憩所かなにか？」

「食堂や」

「え、食卓とかは？」

「女官は交代で各々に食事をするから、官舎の食堂のような大きな食卓は必要ありませんのや。勤務でない日は宿舎でいただきますしね」

そんなものかと納得しながら、妃奈子は自分も座布団に座った。

ほどなくして一人の少女が茶を運んできた。妃奈子より少し年少なくらいで、十三、四歳あたりか。紅富士色《べにふじいろ》の銘仙の着物に割烹着《かっぽうぎ》を着けている姿など、生活感があってほっとする。それでも半衿《はんえり》が白いあたりなどしきたりを感じる。世間において白の半衿は、正装のときに用いるものだった。

「あんた、茶汲《ちゃくみ》さんかい？」

八州子が尋ねると、少女は「はい」と答えた。はっきりとした物言いが清々《すがすが》しくて気持ちよかった。

少女が持ってきた煎茶を二人ですすり終わってしばらくしても、まだ出仕は戻ってこなかった。けっこう長いこと待たされるものだと辟易しかけていると、襖が開いてようやく出仕が顔を出した。

「海棠さん、どうぞおいでください」

緊張よりも、やれやれやっとかという思いで立ち上がった妃奈子だったが、横に座る八州子が腰を上げないことに訝《いぶか》し気な顔をする。

「ご家族の方には、お茶のお代わりをお持ちしますね」

愛想よく出仕が言った言葉に、妃奈子はぎょっとする。よもや、お目見得は一人で受けねばならぬのか？

「ほな、妃奈子さん。あんじょうおきばりやす」

にっこりとして八州子は言った。予想外の展開に妃奈子は震えた。出仕はなにごともないように襖から離れる。気持ちの整理ができないまま、妃奈子は食堂を出た。

少し廊下を歩いてから、出仕は引き戸の前で立ち止まった。紙を貼《は》った襖ではなく一枚板の杉戸である。左右の戸に渡って一本の梅の古木が描かれている。この先が、言ってみれば面接室かと妃奈子は身構える。

「失礼いたします」

「お入りなさい」

少ししゃがれた女の返事を聞いてから、出仕は杉戸を開けた。和洋折衷だから迷ったのだが、この戸は膝をつかずとも良いようだ。和室は襖の前で膝をついて入るのが作法だから、ここを間違えては大きく減点されそうだ。

「どうぞ、お入りください」

出仕に促《うなが》され、どうしたものかとふたたび妃奈子は迷いだす。本当に膝をつかずとも良いのだろうか？　しかし逆に洋間扱いだったら、かえって滑稽《こっけい》だ。短い間逡巡《しゅんじゅん》したが、最後は開き直って〝ええい、ままよ〟とばかりに中に入って腰を折る。

「海棠妃奈子と申します。本日はどうぞよろしくお願いします」

身体を上げた先には、絨毯を敷いた洋室があった。それだけでひとまずほっとする。室内には猫脚の応接具が置いてある。オーク材のテーブルを挟んで、むかって右手に三人掛けはありそうな長椅子《ながいす》が、左手にはチェアが二つ並んでいた。

そのチェアに、消し炭色の洋服を着た婦人が座っていた。五十半ばほどであろうか。中肉中背の身体に飾り気のないワンピースが修道女のような印象を与える。振袖に島田という自分の派手な装いが良かったのかと不安になる。

「そちらにお座りなさい」

そう言ったのは、手前から出てきた別の婦人だった。杉戸の陰《かげ》になっていたのか、入ってきたときは彼女がいることに気づかなかった。三十半ばぐらいの小柄《こがら》で華奢《きゃしゃ》な女性は袿袴姿だった。薄紅色の生地に白い糸で桜の文様が織り出してある。そう表現すると若い娘の装いのようだが、清潔感のある清楚な彩りが女性の雰囲気にはよく似あっていた。

黒々とした髪は先日の涼宮と同じで小さく引っ詰めている。先程会った涼宮の断髪からして、あのとき彼女は鬘《かずら》を使っていたのだろう。

袿袴姿の女性が勧めるまま、長椅子に腰を下ろす。洋服姿の女性が、妃奈子の頭から足の先まで視線を動かした、品定めをされているようで緊張したが、採用試験なのだからしかたがない。身を屈《かが》めたくなる気持ちを堪え、妃奈子は胸を張った。どのみち振袖のように大儀なものを着付けていれば、気持ち的にも物理的にも背筋が伸びる。

婦人はにこりともせずに、口を開いた。

「本日は足労でした。私は典侍《てんじ》を仰せつかっている者で藪蘭といいます」

ああ、と思わず相槌《あいづち》を打ちそうになるのを、妃奈子はあわてて抑えた。何度か耳にしている名で覚えていたが、現実には初対面である。袿袴姿の女性は壁際に立ってこちらを眺めている。これだけ椅子があるのだから座ればよいのにと思うが、そういうわけにはいかないのだろうか。

藪蘭はいくつかの質問をした。それは家族のことだったり学校のことだったりと、採用面接としてはしごく一般的な内容だったのだが、妃奈子の答えはどうしても歯切れ悪くなりがちだった。

そもそもが家族や学校にかんして鬱屈を抱えているから、朗らかに返せない。そのうえでこの藪蘭という女性の貫禄《かんろく》がすごかった。卒業式で祝辞を述べた将軍より、威厳《いげん》の点では勝るように思う。冷ややかな眼差しと物言いは、相手に一言の失言も許さぬような威圧感を与える。きりきりと痛む胃を意識しながら、当《あ》たり障《さわ》りのないことを答えていると
「箏《そう》などは、たしなまれますか？」と訊かれた。

「ソウ？」

一般的に琴と呼ばれる十三絃《げん》のものは、正式には箏という。六絃の和琴《わごん》とは『箏の琴』として区別される。妃奈子が習ったものも箏なのだが、みなお琴としか言わない。そんなことを知らぬ妃奈子は遠慮がちに問う。

「ソウとは、なんでございましょうか？」

藪蘭が露骨に不審な顔をしたので、身がすくんだ。

これはやらかしてしまったのだ。おそらくこれは皆があたりまえに知っていることなのだ。けれどそんな常識を妃奈子は知らない。だから無知だと母から心配される。言い訳などしようものなら生意気だと言われてしまう。

「物知らずで申し訳ございません。外国での生活が長くて、知らぬことが多いのです」

妃奈子は深々と頭を下げた。恐縮と、情けなさから声が震える。うつむいた視線の先の

う母の懸念はこういうことだったのか。

膝の上で、握りしめた手も戦慄《わなな》いていた。どうしよう、みっともない。恥をさらすなとい

「……そういえば、そうでしたね」

拍子《ひょうし》抜《ぬ》けするほどあっさりとした声音に、妃奈子は驚いて顔をあげる。藪蘭が袿袴姿の女性と目配せをしあっている。妃奈子の弁明に納得したのか、ソウの件にかんして頓《とん》着《ちゃく》した様子はない。

妃奈子は目を瞬かせたのち、少しして思った。

ひょっとして、恐縮するほどの失態ではなかったのか？　そういえば八州子も言っていた。外国暮らしが長いことを伝えたのなら、ある程度は考慮してもらえるだろうと。

「筝とは琴の本来の名称です。竜胆内侍の実家が筝の名家で、彼女もたいそうな名手だったので、外孫であるあなたも手ほどきを受けているのかと思って尋ねたのです」

藪蘭が言った外孫とは、母方の祖父から見ての妃奈子の立場である。八州子はこの藪蘭という女官を知っていたようだったが、それは藪蘭も同じらしい。古希に近い八州子よりも、藪蘭のほうが一回りは若いはずだが。

「恐れ入ります。確かに私は琴は習いはしましたが、帰国してからはじめましたのでまったく不得手でございます」

「ならばあちらでは、特に稽古事などはしなかったのですか？」

「ピアノを少々。達者かどうか分かりませぬが、長年つづけておりました」

「それは貴重な経験をしましたね」

さらりと藪蘭は言った。特別関心をはらうでもなく、さりとて敬遠するでもない。先程の箏の件もだが、ただの世間話のような反応が妃奈子には意外だった。

帰国してからというもの、意見を言えば物を知らぬ、反論すれば賢しらだと非難されてきた。そんなことを口にすれば周りが呆れると朝子は言ったし、実際に学校で妃奈子は浮いていた。

それが、藪蘭のこの淡白さはなんだろう。見る者を威圧する厳格な雰囲気を放ちこそしているが、攻撃的、あるいは蔑《さげす》みの気配は一切ない。初対面の他人に対する一般的なふるまいに接して、妃奈子は閃《ひらめ》くように認識した。

なにを忘れていたのか。人と人とのやりとりとは、本来そういうものではないか。

多少の違和感があっても、それが許容範囲であれば無難《ぶなん》に対応するのが大人である。だからなにか変なことを口にしたところで、いきなり非難されるなど普通はない。もちろん侮辱的、あるいは倫理的に問題がある内容となれば話は別だが、常識や意見の相違に多少呆れたところで、それを露骨に態度に出すことは普通の人はしない。イギリスでもフランスでもそうだったし、妃奈子自身も他人に対してそうふるまっていたではないか。

つまり、むやみやたらと他人を警戒する必要はないのだ。多少おかしな発言をしたところで、初対面の相手に最初から批判的な態度で接する者のほうがおかしいのだから、そんな相手を気にする必要はない。

そのことに気づいた、いや思い出したというべきだろう。帰国してからいつのまにか分からなくなっていた他人との接し方を思い出し、妃奈子は肩の荷がすっと下りてゆくのを感じた。

藪蘭は壁際に控える、袿袴姿の女性に目をむけた。

「月草《つきくさ》さん、あなたからなにかありますか？」

この女性は月草と呼ばれているらしい。八州子の竜胆といい、おそらく通称のようなものがあるのだろう。そういえば東アジア圏内には、古来実名を呼ぶことを憚る文化があったと聞く。それが現在でもつづいているとは思わなかったが。

月草は首を傾げた。雛人形のように端整で、そして感情のうかがえぬ顔であった。

「外国で暮らしていたというのなら、外国語を話すことはできるのですか？」

月草の声は、清楚な美貌を裏切らない玲瓏《れいろう》とした美音だった。涼宮とはだいぶん雰囲気はちがうが、この女性もかなりの佳人である。

自分を売りこむのに最適な問いをされ、妃奈子は意気込んだ。

「はい。英語はほぼ不自由なく使えます。フランス語も多少は使えます」

「――フランス語にも御通弁がいるから大丈夫よ」

一拍置いて告げられた言葉の真意が、即座には理解しかねた。英語も、フランス語も、妃奈子は自分に任せてくれなどと一言も言っていない。もちろん内心でその腹積もりはあった。自分の語学力は、女官として採用してもらうための武器になると思ったからだ。

けれど月草の反応はすげなかった。つまり彼女は妃奈子の内心を見抜いたのか？　そのうえでフランス語にも、などと強調したのだから英語能力を強調したことへの拒絶も感じられる。

調子にのって賢しらなふるまいをしてしまった——これまでであれば卑屈な気持ちで押し黙ってしまうところだった。けれど先ほど藪蘭と対して気づいたことが、妃奈子を奮い立たせた。

冷静に考えろ。外国語はできるのか？　と訊かれたから正直に答えただけだ。相手の気分を害するようなことはなにも言っていない。妃奈子の答えに月草が気を悪くしたというのなら、それは彼女のほうがおかしいのだ。

正直に言えば、ここまでのやりとりに手応《てごた》えはない。箏の件は事情は汲《く》んでもらえたようだが、最初から知っている者のほうが女官としては適任である。もとより期待はしていなかったが、これはやはり採用は厳しいだろう。

それでも自分の発言が恥にならぬということを認識できたのは、妃奈子にとって大きかった。採用不採用は相手の意向があってのことで、ここでじたばたしてもどうにもならない。ならばようやく取り戻した、かつての自分らしいふるまいで対応しよう。

「そうですね。確かにフランス語にはあまり自信がありません。機会があれば、御通弁の方からご教授願いたいものです」

さらりと返した妃奈子に、月草は怪訝な顔をする。

万が一採用されたとしても、女官が宮中の通弁から語学を学ぶ機会はないだろう。そんなことは分かっている。だからこれはただの前置きだ。

妃奈子はぐいっと背筋を伸ばし、月草を、そして藪蘭をまっすぐに見つめた。

「ですが英語でしたら、御通弁の方には絶対に負けません」

これまで滞留していた鬱々とした思いが晴れて、心がとても軽くなったのを感じた。


それからひと月余が過ぎた五月中旬。

藤《ふじ》の花が盛りの頃、八州子が海棠家を訪ねてきた。藤紫《ふじむらさき》の無地は一つ紋入りの略礼装である。

「ご採用が決まったから、世話役を差し向けるとのことです」

てっきり不採用と思い込んでいた妃奈子は、喜ぶよりも混乱する。それは一緒に話を聞いた朝子も同じだった。

「え、この娘がですか⁉」

驚きの声には、信じがたいという感情が強くにじみでている。揃って動揺が隠せない母娘《おやこ》に、八州子は淡々と説明をつづける。

「宮中で着る着物は下方のものとは仕立てがちがいますので、そのあたりは御内儀入りしてからおいおい仕立ててゆけばよいでしょう。当座は私の昔の着物の丈を出してお使いなさいな」

「まあ、なにもかもお世話になって……」

恐縮する朝子を一瞥し、八州子は未《いま》だ事態が把握できないでいる妃奈子に言った。

「月草の内侍さんに、会ったでしょう」

「はい」

「あの人が、あんたの世話親を務めるそうや」

世話親という言葉自体ははじめて聞いたが、どのような役割かは名称からなんとなく分かる。ようするに指導役のようなものであろう。なるほど。だから月草は同席し、妃奈子の人となりやふるまいを確認していたのだろう。

だとしたら、よく採用となったものだとあらためて思う。あのときの妃奈子は半ば開き直っていたから、まずまず生意気な口を利いていたと自覚している。

「近日中に月草の内侍さんの老女が参りますから、詳しいことはその者にお聞きなさい」

この場合の老女は年老いた女性ではなく、侍女の筆頭である年長者のことを指すのだという。しかしここまで言われても妃奈子はまだ信じがたく、先程からずっと気持ちがふわふわしつづけている。

「なんだか複雑ですわ」

朝子が言った。

「華族でもない我が家に、このようなお話。身に余る光栄にはちがいありませんが、これでこの娘がますます縁遠くなるのかと思うと――」

言葉ほどに困った様子がないのは、推薦した八州子の手前もあるのだろう。そもそもこの奉職を、朝子が素直に喜べるはずがない。民間の職場ならともかく宮城である。一度奉職したからには、少なくとも数年は勤めないと義理がたたない。五年過ぎたら二十三歳。世間では嫁き遅れと言われる年である。十年経てば二十八歳。そこまで薹《とう》がたてばろくな縁談はない。それこそ八州子のような独り身が見えてくる。

伊東さまに嫁ぐくらいなら、そのほうがましだと妃奈子は思っているが、朝子はそうではない。女として生まれながら誰の妻にもならずに母にもならぬ女は、どれほど気丈にふるまっていても不幸な存在だという世間の価値観に彼女は従っている。

そう考えるとよくお目見得を受けることをあっさりと承諾したものだと思うが、そこは宮内次官という単語の影響だろう。そもそもが朝子は、不出来な長女が採用されるなどと考えてもいなかっただろう。

それが思いがけず採用となった。妃奈子にとっても青天《せいてん》の霹靂《へきれき》だった。なぜ自分が採用されたのかとの困惑はあるが、これで数年は結婚のことを考えなくて済むかと思うと喜びのほうが大きい。

「朝子さんにとって慰めになるかは分かりませんが、高等女官の俸給は男はんと比べても破格のものや。しかも長く勤め上げれば、生涯にわたって年金も出ます。妃奈子さんさえその気であれば、生活が立ち行かなくなる心配はなくなります」

具体的な金銭のことを知って、妃奈子の心は震えた。

物心ついたときには職業婦人という言葉はすでにあった。けれどその給与は男性より遥《はる》かに低く、小学校の教員など職掌に違いがあるとは思えぬものでも差がついている。

そんな世で、男より俸給の高い女の仕事が存在しているとは夢にも思わなかった。男並みの収入が得られれば、意に添わぬ結婚を退けられるではないか。

「そうは申しましても――」

朝子は語尾を濁《にご》した。たとえ生活の心配がなくても、自分の娘が老嬢になるかもしれない可能性は、一般的に母親にとって心配の種でしかない。しかし同じく老嬢である八州子を前にあまり露骨なことは言えない。無自覚のようだが、八州子を見る朝子の目には、常にかすかな嘲《あざけ》りが浮かんでいる。そのことに妃奈子は少し前から気づいていた。

どう思っているのか、八州子はぬるくなった茶を飲み干して暇《いとま》を告げた。

門口まで出てきた朝子に、妃奈子は停車場まで見送ると言って八州子と並んで歩きだした。路地沿いに建つ家々の瓦屋根が、照りつける西日をはじきかえしている。妃奈子は一度後ろを振り返り、朝子が門内に入ったことを確認してから言った。

「大叔母様、ありがとう」

「妃奈子さんの実力や」

八州子の返事に、どう返しようもなく妃奈子は口ごもる。いったいなにが気に召したものか。英語にかんしての自負を口にしたことで痛快ではあったが、採用面接としてはなにひとつ手応えはなかったというのに。

「半年は見習いの立場になりますやろ。それから一年の試用期間を経て問題がなければ晴れて本採用や。どのみち家を出なりませんから、はじめて家族と離れるわけや」

「お母様にとって、また私は心配の種になってしまいそうね」

自嘲的に妃奈子はつぶやいた。それは家を出ることに加え、縁遠くなる道を選んだことをも言っていた。わが娘が嫁き遅れ、はては老嬢となる可能性を考えただけで、朝子のような婦人は胸がつぶれる思いであろう。

「卦体《けたい》が悪い」

吐き捨てるように八州子が口にした言葉に、妃奈子は耳を疑う。およそ彼女らしくない荒い物言いでもあった。聞き違いかと思ったが、横を歩く八州子の横顔には不機嫌が張りついている。迂闊《うかつ》に声をかけることは憚られる雰囲気だったので、無言のまま数歩歩きながら様子をうかがった。

「……大叔母様、どうなさったの？」

「私《あて》は、あんたのお母さんが大嫌いなんや」

娘への母に対する過激な言葉に、妃奈子はぎょっとする。しかも八州子と朝子は実の叔母と姪の関係である。そこでこの発言は生半可な覚悟では言えないはずだ。

娘としてどう反応して良いのかは分からなかったが、妃奈子は不思議と反発を感じなかった。それどころか自分はけっこう前から、この二人の間に流れるぎこちない気配に気づいていた気がする。

あるいは八州子のほうも、妃奈子の中に自分と同じ思いを感じ取った結果の計算的な発言だったのか。実際に妃奈子自身も、己の内側にある八州子と共通した思いを薄々ながら自覚しはじめていた。

私は母親に反発を抱いている。それは年頃の子が親に抱く一過性のものではなく、海棠妃奈子という人間が、海棠朝子という一人の人間に対して抱いた感情だった。だから八州子の発言は、聞いた直後こそ動揺したが、すぐに受け入れることができた。

「どうして？」

「私のおたあさま（お母さん）にそっくりやからや」

思い寄らぬ人物だった。八州子の母というのなら、妃奈子には曾祖母《そうそぼ》にあたる人だ。しかし妃奈子が生まれたときはすでに故人だったので、人となりは知らない。だから八州子との間になにがあったのかも知らない。

けれど彼女は朝子にそっくりだったという。それだけで妃奈子は、八州子が自分の母親に対してどういう鬱憤《うっぷん》を抱いていたのか容易に想像ができてしまうのだった。

「だから大叔母様は、女官になったの？」

「あの時代、公家の娘が家を出るには、結婚かそれしかなかった」

家を出ることが目的なら、結婚でも良かったはずだ。けれど八州子はその選択をしなかった。そこには自分と似たような状況が存在していたのではないだろうかと妃奈子は想像を巡らせた。

やがて八州子が足を止めた。彼女はぐるりと首を回して妃奈子を見た。心の内を見透かそうとするような眼差しが、なにかを見出《みいだ》したかのように強い光を放った。

妃奈子の中にあるものを見つけた八州子は、その言葉を告げる腹をくった。

「あんたのお母さんは、あんたの幸せなんて望んでいない」

率直に告げられた言葉は衝撃的だったが、自分でも不思議なほど妃奈子は平静だった。まったく傷ついていないわけではないが、むしろ、そうだろうなという達観とも諦観ともつかぬ思いのほうが強かった。

取り乱した様子のない姪孫を確認すると、八州子はさらに話をつづける。

「そやから、結婚だけが女の幸せだと信じて疑わないあの人が、あっさりとお目見得を受けることを許可したのでしょう」

なるほど、そういうわけだったのか。

朝子の本音に気づいていた八州子は、だからあれほど自信をもって説得をすると言いきれたのだ。娘が縁遠くなることなど、朝子はなんとも思っていなかった。けれど世間体や自分を取りつくろうために、懸念するような素振りを見せた。だから三十も上のやもめとの縁談を、なんの疑いもなく良しとしたのだ。

「娘の卒業式にも顔を出さないくせに、無自覚で自分の仕打ちがあんたのためや思うてるからなおさら始末が悪い」

これも妙に納得できる。だから妃奈子も、そう思い込もうとしていた。母の行動はすべて娘を思ってのことで、多少の反発や意見の食い違いはあっても、娘として受け入れるべきものなのだと。

けれど八州子は言う。朝子は妃奈子の幸せなど望んではいないと。

母親なのに、腹を痛めて産んだ自分の娘なのに――ぶるりと唇が震える。

「私は、お母様に嫌われているの？」

言葉にすると、さすがに堪えた。実の母から嫌われている。突きつけられた事実が、自分の人間としての不出来を指摘されている気がした。同じ娘なのに、奈央子はまちがいなく愛されている。

「なら、あんたはお母さんが好きなんか？」

八州子のその問いは、妃奈子の胸の深い部分に突き刺さった。

「……分からない」

正直に妃奈子は答えた。とうぜんです、母親なのだから。そんなふうになんの疑問もなく言えるほど、妃奈子は鈍感ではない。好き嫌いという言葉だけでは表せない。そんな単純なものではない。この複雑な感情を既存の言葉で言い表すことは難しいが、敢《あ》えていうのであれば〝恩讐《おんしゅう》〟という言葉が一番近い気がした。

「お母さんも同じですやろ」

「…………」

そうか、そうなのか。心の中にずっと垂れ込めていた、暗澹たる思いがようやく切り裂かれた気がした。妃奈子はあらためて前をむく。だからといって目に映る世界が薔薇色《ばらいろ》に輝いているわけではなかったが、まばゆい黄金色の西日に照らされた、あるがままの世界がひらけていた。

第二話

九月某日。妃奈子はついに宮中に上がった。採用は五月に決まっていたが、前任者の都合に加え、色々な準備等もありこの月になったのである。

その日の早朝、宮城からの迎えの車に乗り、まずは宿舎に通された。

御内儀で勤務する女官は、ごく一部の者をのぞいて住み込みが原則である。宿舎は普通にお部屋というが、あるいは局《つぼね》などと時代がかった呼び方もされる。中廊下のない畳部屋ばかり並ぶ、前代的な和風建築だった。

その中にある六畳の一室で、妃奈子はずいぶん長い間、鏡の前に座らせられていた。せっかく着付けた絽縮緬《ろちりめん》の振袖は針女《しんめ》と名乗る女性達に到着早々に脱がされ、昨晩から結いあげた島田も信じられないほどためらいなく解かれてしまった。

そういうことなら振袖はしかたがないにしても、髪は自分でできる束髪でも良かったのではないか？　であれば慣れぬ箱枕《はこまくら》で、熟睡できぬ不快な夜を過ごすこともなかったのにと不満を抱く。

真新しい肌襦袢《はだじゅばん》の肩に大きめの手ぬぐいをかけ、まずは結髪をする。これは島田よりずっと簡易な形の引っ詰め髪である。髪を前後で二つに分け、後ろの髪を後頭部で束《たば》ね、仮留めしていた前髪をそこに載せて元結《もとゆい》でひとつに結ぶ。卒業式での涼宮と、お目見得の日に顔を合わせた月草内侍もこんな髪型だった。

「垂髻《ときさげ》と申します」

針女が説明した。彼女達は普通の和服を着ている。髪は束髪で、このまま街に出てもまったく違和感がない出で立ちだったが、そんな中でも半衿はやはり白であった。お目見得の日に見かけた茶汲の少女も同じだった。

妃奈子の身支度を請け負った針女は二人で、年長者のほうが三十前後。彼女の指示に従って細々と動くほうは、もう少し若く二十代前半あたりに見えた。針女という名称は聞きなれぬが、ようするに侍女的な存在らしい。

「意外と簡素ですね。錦絵《にしきえ》などからもっと大きな髪型にするのだと思っていました」

「御一新前はそうであったとお聞きしております。高等女官の方々はすべてお大かお中だったと」

若い方の針女が説明をしたが、お大もお中もなんのことだか分からない。会話のなりゆきから髪型の名称だとは思うのだが、それを訊く前に年長の針女から立ち上がるように促された。

襦袢の上から緋縮緬《ひぢりめん》の丸袖を着て、緋色の切袴を着ける。こちらは行灯袴ではなく、男袴と同じで両脚に分かれている。袿は紗《しゃ》の二重織。褐色《かちいろ》に比翼文が織り出してある。そのまま着ては打掛のように裾を引くのだが、紐《ひも》を使って体裁よくからげる。

「仕上がりました。もう動いていただいて、よろしゅうございますよ」

ようやくお許しが出たところで、はて、どんな格好になったものかと自分の足先から胸のあたりまで視線を動かす。すると気を利かせた若い針女が、結髪のときに使っていた鏡を手に距離を取った。それで全身とは言わないが、おおよその姿は映りこむ。とうぜんながら妃奈子の袿袴姿は、涼宮や月草のように着慣れたものにはならない。けれどそれゆえの初々しさはある。悪くない。くすぐったいような気持ちで妃奈子は言った。

「馬子にも衣装ね」

「お可愛らしいですよ」

若い針女がにこやかに言った。親切な物言いに好感を持つ。

「ありがとうございます」

「さ、こちらにおいでください。旦那《だんな》さんがお待ちでございます」

「旦那？」

年長の針女が口にした言葉に、つい鸚鵡返《おうむがえ》しをしてしまう。女子の宿舎に、そんな存在がいるとは思えない。

そのとき奥の襖が静かに開いた。見ると敷居《しきい》のむこうに月草が立っていた。すぐに彼女だと分からなかったのは、初対面の日から半年近い月日が過ぎていたことよりも洋服を着ていたことが大きかったのだろう。モスリン製のふんわりとしたクリーム色のワンピースは、華奢で清楚な月草にはよく似合っている。髪型は西洋下げ巻き。ひとつに束ねた髪をねじりながら後頭部で留めるという、束髪の一種である。

年長の針女が意外そうに言う。

「旦那さん、お越しいただいたのですか？」

「そろそろだろうと思ってね」

つまり旦那とは月草のことだった。彼女が自分の世話親になると聞いてはいたが、お目見得の日以来、顔を合わせたのは今日がはじめてだった。事前に挨拶に行ったほうがよいかと八州子を通じて訊きはしたのだが、必要ないと断られた。

「月草、さま？」

「ああ」

妃奈子の呼びかけに、月草はゆらりと首を揺らした。

「私のことは、内侍さん、もしくは月草の内侍さんとお呼びなさい。自分より地位の高い方には、官名にさんをつける。逆に低い人には源氏名にさんをつける。たとえば藪蘭のすけさんが私を呼ぶときは、月草さんとなります。それがここのしきたりです」

お目見得のさいの、藪蘭と月草のやりとりを思いだす。そういえば、そんなふうに呼びあっていた気がする。ちなみにすけとは典侍《てんじ》の通称。内侍は掌侍《しょうじ》と権掌侍《ごんしょうじ》の通称ということだった。

御内儀に仕える主たる女官は、上から尚侍《しょうじ》、典侍、掌侍、命婦《みょうぶ》となり、典侍以下には権官が存在する。権掌侍、権命婦などと呼ばれ、ここまでが高等女官となる。余談だが最高位である尚侍は職種としてはそれこそ奈良時代から存在するが、もう何百年も任命されていない。それゆえというわけでもないが、読みは掌侍と同じでも混乱はない。

一通りの月草の説明を聞きおえてから、妃奈子は深々と一礼した。

「では、月草の内侍さん。不慣れで至らぬところもあると思いますが、本日よりどうぞよろしくお願いいします」

「こちらこそ。ここでなにか分からないことがあれば、こちらにいる針女達に遠慮なくお訊きなさい」

月草の口ぶりが淡々としていたのもあって、それはもしかして自分にはあまり訊くなということなのかと、うがったことを考えてしまった。嫋やかな外見とは裏腹にてきぱきとした月草には、あまりにも初歩的、あるいは要領を得ない問いをすれば、たちまち顔をしかめられてしまいそうな緊張感はあった。

「さあ、ご一緒に」

月草が踵《きびす》を返したので、妃奈子はあとにつづいた。

二間の和室を抜けて障子《しょうじ》を開くと、その先には幅一間（約百八十センチ）の畳廊下が伸びていた。来たときは勝手口のようなところから入ったが、こんな場所は気づかなかった。そもそも畳廊下自体が妃奈子には珍しいものだった。京都の伯父夫婦が上京してきたさいに料亭に連れて行ってもらったが、それが目にした最初だった気がする。

畳廊下はびっくりするほど長かった。その途中で二人の、普通の和服を着た女性達と出会《で》わしたが、彼女達は月草の姿を見ると廊下の隅《すみ》に寄ってひれ伏した。かつて錦絵で見た大名行列のようだと感じた。

「おかまいのう」

そう月草が言って、彼女達はようやく顔をあげるのだった。四民平等が謳《うた》われてから何十年も経つというのに、これはずいぶんと時代錯誤なと妃奈子はひるんだ。そもそもいま妃奈子が着ているこの衣装だって、そうとうに時代錯誤である。

その長い廊下もようやく終わり、一段高くなった先は絨毯敷きにと変わっていた。どこかで見たことがと考えたあと、格天井を見上げて、お目見得のときに通った廊下だと気がつく。つまりすでに御内儀の中にいたのである。景色から察するに、前回とは逆方向から入ってきたと思われる。

「月草さん」

冷ややかな呼びかけに目をむけると、月草の前に茜色《あかねいろ》の袿を着た女性がいた。同じ袿袴だが、妃奈子のようにからげずに裾を引いている。中に着ている丸袖は白羽二重で、妃奈子が着けている緋縮緬とは異なっている。

「これは、白藤《しらふじ》の権のすけさん」

月草の呼びかけで、この女官に関する情報を整理する。

つまり源氏名は白藤で、役名は権典侍。月草より上位である。

妃奈子は頭を下げつつも、上目遣いに白藤の様子を見た。年の頃は三十前後。ほっそりと華奢で、人目を惹く﨟長《ろうた》けた婦人だった。

「そちらが新しく来たという、命婦の御雇《おやとい》さんですか？」

「はい。私が世話親となりましたので、なにか粗相があればご遠慮なくお申し付けください」

気品に満ちた佳人同士のやりとりに、なんとなく危ういものを感じた。妃奈子や針女、ひいては上役の藪蘭にまでてきぱきとした物言いをしていた月草が、白藤には奥歯にものが挟まったような、どこか遠慮がちな口の利き方をしているのは甚だ不自然だし、対する白藤の口調もどことなく険があり、月草にむける眼差しも冷ややかである。

「噂《うわさ》には聞いていますよ。一の側《かわ》に住まわせてまで、お新参さんの世話を引き受けはるとは……月草さんがそんな親切な人だとは、ちいっとも知りませんでした」

「恐れ入ります。二の側の命婦さん達はご年配の方が多く、このように若い方では世話親も世話子も双方に大変であろうと藪蘭のすけさんがご配慮なさっただけで、私の人柄を見込んでの話ではございません」

「……御謙遜《ごけんそん》を」

白藤が鼻で笑ったので、妃奈子は居たたまれなくなった。この絵に描いたような陰湿なやりとりは、いったいなんなのか。二人がともに美貌の持ち主なだけに、芝居めいていてなおさら怖い。大奥や後宮などでは寵姫《ちょうき》や女官達が、寵愛や権勢を争って対立しあっていたなどと聞いたことがあるが、そんなことはすっかり過去の話だと思っていた。トルコや中国のように現在でも後宮が存在する国はあるが、十三歳で未婚の今上を相手に寵愛もなにもないだろうし、そもそもこの二人は妃《きさき》ではなく女官である。

（だいたい、「いちのかわ」とか「にのかわ」とかなに？）

二人のやりとりにひるみながら、妃奈子は単純な疑問を抱く。本当にはじめて聞く言葉ばかりで首を傾げる。半年前であれば自分の物知らずに自己嫌悪に陥《おちい》ったところだが、すべて他言無用と言われる宮中のことなど知らなくてとうぜんだといまは開き直れる。

「――ご挨拶なさい」

とつぜん月草に促され、妃奈子はわれに返る。どのように展開したものなのか、二人はすでに話を終えていた。白藤が月草の肩越しに妃奈子を見ていた。微塵の温かみもない眼差しにおびえつつ頭を下げる。

「本日よりお世話になります。海棠妃奈子と申します」

八州子から聞いた話だが、源氏名は本雇いとなってはじめて与えられるそうだ。だからとうぶんは新参さん、あるいはもう少し親しくなれば妃奈子さんと呼ばれるであろうということだった。

白藤はふんっと鼻を鳴らし、返事もしないまま立ち去って行った。優雅に床を滑る袿の裾を、妃奈子は呆気に取られて見送った。状況によっては自分がなにか粗相をしたのかと慌てただろうが、その前の月草とのやりとりを見ていたので、白藤のほうに圭角《けいかく》がありそうなことはさすがに分かる。

月草はふうっと肩を落とし、諦観をにじませた声で言った。

「あの御方にはできるだけ近づかないようになさい。こちらが色々と文句を言えるような立場の方ではありませんから」

「権典侍というお役職は、それほどのお立場なのですか？」

「あの御方は特別です」

月草は言った。

「あの御方は、御生母様です」

妃奈子は目を瞬かせた。御生母様。つまり帝の産みの母である。

そういえば今上は、側室が産んだ子供だった。しかし西欧諸国にならい近代化を目指す国家において、側室の存在は認められない。ゆえに彼女が公の場で母親としてふるまうことは許されない。今上の母親はあくまでも亡くなった先の皇后だし、いまは涼宮が准母という立場に置かれている。

「権典侍という方々は、一般的にお妃女官をさす場合が多いのですよ」

「お妃女官……」

奇妙な単語だと思った。『源氏物語』にあるような女御や更衣とはちがうのだろうか。

要するに白藤は先帝の側室、俗な言い方をすれば妾《めかけ》なのだ。

妾の存在は、世間一般でも珍しくはない。そのうえで華族のように家格が高ければ、彼女達は使用人扱いとなり、腹を痛めて産んだ子供からも公の場では母と呼ばれないことが常であった。尊貴の最たる宮城に同じ習慣があっても、なんら不思議ではない。実際に白藤の立場は、母ではなく女官である。彼女がどういった立場と心持ちでわが子に仕えているのか、妃奈子には分かりかねた。

そのあと例の食堂に入り、そこにいた数人の女官に紹介された。

権掌侍もあわせて内侍が三人。命婦が二人居合わせており、服装は一人をのぞいて洋服だった。襟の詰まった、丈の長いワンピースを着ている。全員が白藤より年長のように見えた。特に一人だけ袿袴をつけた命婦だという女性は、これは定年とされる還暦もとうに過ぎているように見えた。

それぞれと挨拶を交わしはしたが、京都の旧家の出だという婦人達は誰もがつんとしていて、お世辞にも気さくとは言い難かった。しかも親子ほど、あるいは祖母と孫ほどの年齢差もあって、とうてい親しみを覚えることはできなかった。

いったん食堂を出てから月草が、高等女官は十一名いると教えてくれた。先帝の時代には二十人を超えていたそうだが、それは帝付きの権典侍と皇后付きの女官がいたからであって、今上の代に不自然に人員を減らしたわけではないという。

高等女官の下に、女嬬《にょじゅ》、権女嬬《ごんにょじゅ》という役職の人達がいる。彼女達は判官女官と呼ばれており、人数も二十人は超えているという。この段階で妃奈子はすでに名前と顔を一致させる自信を失いかけていたのだが、さらにこの下には雑仕《ぞうし》、下仕《しもづかえ》等の雑務をうけおう雇人がいるというから参ってしまう。

女官の数だけですでに三十は超えている。そのうえ高等女官には、彼女達の侍女となる針女とその下には下女がついている。妃奈子の着付けをうけおった二人の針女は、月草付きの侍女ということだった。その女性達のほとんどが住み込みだというのだから、あの局はまさしく女護《にょご》の島というべき場所であろう。

「そんな大勢の方々の名前を覚えることは大変そうですね」

「あなたは命婦の見習いだから判官女官の名は覚えてもらわなければならないけど、それ以下の者達とはかかわりはないでしょうから、特に覚える必要はありませんよ」

「……はい？」

「内侍達《わたくしたち》などは判官女官ともかかわりを持たないから、彼女達の名前はよく知りません」

月草の発言に妃奈子は目を見張る。さらりとだが、いまとんでもなく尊大な発言を聞いた気がする。しかも悪びれたふうもないのが、かえって清々しい。

月草曰く。帝と皇后宮が起居する居住空間に判官女官は入れない。彼女達は両陛下の前に出ることも許されないのだという。身の回りの直接的なお世話は、それがどんな荒仕事でも基本は典侍と内侍が行うことになっており、命婦は両者、もしくは侍従や侍医、その他の外からの訪問客との取次を行う立場にあるということだった。よって内侍は判官女官の名を覚えずとも困らないし、命婦はそれ以下の雑仕等の雇員の名を覚えずともよいのである。

階級制度というものをあまりにもあからさまに見せつけられて、妃奈子はひるんだ。

確かに華族女学校でもイギリスでも、身分や階級は存在した。けれど妃奈子が所属する場所そのものが比較的上流社会だったので、その中での露骨な差は見られなかった。少なくとも姿を見せることさえ憚られるという存在はなかったし、腹の中で相手をどう思っていようと、あからさまに格差を口にすることは、まあまあ人格を疑われることだった。

月草の口ぶりに判官女官達を軽んじる気配がなかったことは救いだったが、なんとも言えないもやもやした思いが胸に残る。欧州で時に感じたアジア人に対する差別意識とは種類がちがうことは分かるが、正直あまりよい気持ちはしない。

Rights of man（人権）という単語が唱えられるようになってからずいぶんと経つが、それは御一新以降この国でしきりに叫ばれていた四民平等とはちがうのだ。もっとも四民平等という言葉も、現実には華族と平民という区分けがある段階で矛盾を孕《はら》んでいることはまちがいない。華族女学校でも、ぴんきりがある華族とはそこまで扱いの差は感じなかったが、やはり皇族は特別扱いだった。

妃奈子の心中など察した気配もなく、月草は歩を進めてゆく。ドレスの裾が絨毯の上をすべる。欧米ではもっと短い、踝《くるぶし》どころか脹脛《ふくらはぎ》が見えるような丈のスカートも流行していたが、やはりこういう保守的な場所では厳しいのだろう。流行に左右されないと言えば聞こえはよいが、それがこの御内儀という場所の頑迷さの象徴のように妃奈子は感じた。

廊下を少し進むと、その先は一段高くなって今度は畳廊下がつづいていた。しかし月草はそちらではなく、左手前にある角部屋を指さした。襖は閉ざされていた。

「こちらが命婦の人達の詰め所になります」

妃奈子は命婦の御雇だから、ここが拠点になるということだろうか。だから、てっきり中を見せてくれるものと思っていた。

「月草さん」

畳廊下のほうからやってきたのは、藪蘭典侍だった。濃い色のワンピースがやはり修道女を思わせる。そして彼女のスカート丈も月草と同じで、床の上で裾を引いていた。

「御上が学校からお戻りになられました。いまならお時間も取れると仰せです」

「さようでございますか。それはなんと間のよきこと」

ベテラン女官同士の仕事上の話で自分には関係のないことであろうと聞き流していた妃

奈子の耳に、思いがけぬ月草の言葉が飛びこんできた。

「では、御上のもとにご挨拶にあがりましょう」

「竜胆の姪孫というのなら、葉室《はむろ》の姪となるのか？」

言葉だけ聞けば尊大に聞こえるが、少年の声音からは人懐《ひとなつ》っこさと素直な気質がにじみでていた。

十三歳の今上は、華族学校の制服である詰襟を着ていた。

身の丈は妃奈子と変わらぬほどで、身体付きもずいぶんと華奢である。凜として背筋を伸ばした姿が花勝見《はなかつみ》を思わせる、美しい少年だった。その面差しは白藤の美貌を受け継いでいるように見えた。

とはいえこれらはあとから感じたことで、謁見を許されて御座所前の畳廊下に上がった直後などは、緊張のあまり顔をあげることもろくにできなかった。

まさか帝に挨拶をすることになるとは、想像もしていなかった。考えてみれば高等女官は帝の身の回りの世話をすることが役割なのだから、挨拶ぐらいはさせてもらってとうぜんであろうに。

帝がおわす御座所は畳の間だが、床には絨毯が敷いてある。インテリアは重厚なオーク素材。椅子の布地は、西陣の緞子《どんす》を使用している。格天井にはシャンデリアが下がっているが、いっても私的な部屋だからか意匠は比較的簡素である。

帝の横に控えた藪蘭が答える。

「さようでございます。亡くなった父親が先のフランス領事で、海棠伯爵の実弟ということですから、この娘も身分こそ平民ですが家柄は確かなものかと」

ちなみに葉室は母の旧姓で、すなわち八州子の姓だ。つまり帝が口にした葉室とは、母方の伯父・葉室子爵を指すのだった。

「両親ともにもともとは華族。それゆえ立場は命婦でございますが、一の側で私の部屋子にいたしました」

今度は月草が説明をするが、また分からぬ単語に妃奈子は内心で首を傾げる。先刻の白藤とのやりとりのときも、そんなことを言いあっていた。わざわざ一の側に住まわせてまで、と白藤は皮肉たっぷりに言ったのだった。

しかしこの場で、そんなことを訊く余裕はない。この場を辞してから尋ねればよいと考えていると「一の側とはなんだ?」と帝が尋ねた。なんと帝も存じ上げなかったのかと驚いたが、考えてみれば知らなくとも不思議はない。帝が女官の局に詳しいほうがかえって気味が悪い。

「私共の局は三つに区分されております」

藪蘭が言った。

「それぞれを一の側、二の側、三の側と申します。一の側は典侍と内侍が。二の側が命婦と、女嬬のうちの御服掛と御膳掛《ごぜんがけ》が使用いたします。御道具掛は三の側です」

複数いる女嬬、権女嬬達は、その三役に分配される。

「道具掛だけでひとつを独占するのは広くないか？」

「一と二の側はそれぞれに二棟ずつございますが、三の側は一棟でございます」

「なるほど、そういう理由か」

帝は納得したようだが、妃奈子は泡《あわ》を食う。

となれば本来命婦御雇の自分は、二の側に入るべき立場だったのだ。それを月草が世話親となったことで一の側に住むことになった。これほど階級社会が徹底している中でそんなことをすれば、そりゃあ白藤が不快に感じてとうぜんだ。

あの嫌みな態度はそういうことだったのかと、これで合点《がてん》がいった。胸を張れることでもないが、三年間の学生生活で敬遠されることは慣れてしまっていたのだが、さすがに初対面からあれほど嫌な態度を取られては気味が悪かった。理由が分かっただけでも、ずいぶんと不安は軽減する。

となれば同輩となる命婦はもちろん、上役である内侍達も妃奈子の待遇をよくは感じていないだろう。先程食堂で挨拶をしたときの、女官達の素っ気《そけ》ない態度を思い出した。彼女達の態度を年齢差や出身によるものと解釈していたが、本音としてはそういう背景があったのかもしれない。

（これは心構えをしておかないと）

早々に妃奈子は腹をくくった。どうあろう、疎んじられることは慣れている。家でも学校でもそうだったのだからと変な形で開き直った。

「フランス領事の娘というのなら、あちらで生活をしていたのか？」

帝から直《じか》に問われた。事前に月草から、直答はしてよいと言われていた。それはつまり直答ができない者がいるということだ。姿を見せることすら憚られる者がいるのだからそうなるだろう。

「はい。巴里《パリ》に三年ほどでございましょうか。その前は倫敦《ロンドン》に滞在しておりました」

「倫敦か。それは羨ましい。私も皇太子の時分に洋行が計画され、あちらの王室を訪ねる予定だったのだが、思いのほかに早い即位になってしまって叶わなくなった」

言葉では軽く言ったが、帝の表情にはあきらかな失望がただよっていた。期待していた洋行を断念せざるを得なかった理由は、父親である先帝の早世である。それまで相手が帝だとしてひどく緊張していた妃奈子だったが、十三歳の少年のそんな顔を目にして胸が痛んだ。

しばし黙り込んだ帝に、藪蘭も月草も気まずげに顔を伏せる。ひょっとして彼女達も妃奈子と似た思いを抱いているのだろうか。

「ならばお前は英語は操れるのか？」

帝はがらりと口調を変えた。重くなった空気を取り払おうとでもするような、朗らかな物言いだった。十三歳の天子の気遣いに、妃奈子はいたく感動した。

「日常生活に問題がない程度には。古典文学などを読めと言われれば難しいですが」

「そうか。では英語の教材で分からぬことがあれば、お前に頼るかもしれぬ」

「滅相《めっそう》もございません。教員や御通弁の方が――」

「どうぞ、どうぞ。この娘は通弁の者にも負けぬと、自分で断言しておりました」

月草の発言に妃奈子は目を剝《む》く。確かに言った。五月のお目見得のときに、英語であれば通弁には負けぬと。しかしあれは色々と開き直ったあげく大見栄を切ったという部分もあり、帝にまで伝えられるとは想定していない。あたふたする妃奈子を一瞥し、今度は藪蘭が言った。

「申し遅れました。この娘の採用の決め手となったのは、摂政宮様のご推薦でございます」

「義母上《ははうえ》が⁉」

へ？　と変な声を出す前に、帝が声をあげてくれたので助かった。

そんな話は聞いていない。涼宮とは、事実上はお目見得の日が初対面。しかも数度言葉を交わしただけなのに、なぜそんなことになるのか。ひょっとして八州子との縁故だろうか？　しかしそんなものが通用するのなら、採用結果が出るまであれほど時間は要さなかっただろうし、そもそもお目見得自体が必要ではない。

帝は満面の笑みを浮かべた。

「そうか。義母上のお考えなら間違いはないだろう」

この一言だけで、帝の涼宮に対する信頼が伝わる。

生母の白藤が表に出られぬ立場である以上、涼宮は帝にとって唯一の身内。血縁上は伯母だが、義母であり幼若の自分を支えてくれる摂政でもある。それに――。

（あの御方であれば、誰だって頼りたくなる）

二度のうち、一度は一方的に見かけただけ、しかもろくに話もしていない相手をなぜここまで信頼できるのか冷静に考えれば不可解なことだが、対峙《たいじ》する者にそう思わせるだけの威厳と包容力が涼宮にはあった。

その彼女が、なぜ自分を推薦してくれたのか？　気にはなるが、帝の御前でそのような私的な問いをすることは憚られる。

帝のほうにも細かく問う気配はなかった。涼宮の意向である。その言葉だけで疑う余地もないほど、この若い君主は摂政の伯母を信頼しているのだった。

「ともかく心して勤めに励め。期待しているゆえ」

帝のありがたいお言葉が胸にしみ、妃奈子は深々と頭を下げた。

幸か不幸か、英語教師や通弁の代わりを依頼されることはなかった。

英語はともかくフランス語を頼まれたらどうしようかと当日こそ危機感を覚えたが、そののち一週間は仕事を覚えることに必死で、そんなことを思い出す余裕もなかった。

半年間の御雇の間は、袿袴で過ごさねばならない。それだけでも動きはぎこちない。

本採用の女官達は、仕事中は洋服を着る者が多い。仕事内容を知ってみれば、それも納得である。侍医と出仕をのぞけば基本は男子禁制の御内儀では、力仕事もすべて女官に任される。まして判官女官以下は『奥』に入れないから、本棚や簞笥などけっこうな重量の家具の移動も高等女官達でやらなければならないのだった。

この奥というのは、御座所に通じる畳廊下から先のことで、便宜的に『御常御殿《おつねごてん》』と称されている。御内儀そのものをそう呼ぶこともあるので、混乱しがちである。御常御殿側の畳廊下は絨毯の廊下より一段高くなっており、その境目は『申の口《もうし》』と呼ばれ、判官女官達はここまでしか入ることができないのである。

その畳廊下を、少し前から妃奈子は一人で掃いていた。

（『源氏物語』や『枕草子《まくらのそうし》』では、女房は御簾《みす》を上げるぐらいしか仕事をしていなかったみたいだったけどなあ……）

実際にそんなことは絶対にないはずだが、読んだ雰囲気である。平安時代といまでは状況もちがう。そもそも平安時代の後宮は、男性が自由に出入りしていた。後宮で男性の仕事をさせるために宦官《かんがん》を使った国々とは価値観がちがう。江戸時代の大奥は男子禁制だったらしいが、それでもこの国に宦官の文化は生まれなかった。

宮中入りするまでの数ヵ月。妃奈子は八州子のもとに通い、女官として最低限に必要な教養を学んだ。古典、歴史に加え、この国で初等教育を受けた者なら常識的に知っている皇室にかんしての知識もである。

『源氏物語』や『枕草子』は、そのときに読んだ。前者はどの女君にも共感できなかったが、物語としては面白くて、光源氏が最後に取り残される展開は胸がすいた。『枕草子』は、清少納言が宮中にいたら友達になれそうな気がした。ちょっと鼻持ちならないところはあるが、あれぐらいの人のほうがこちらも言いたいことを言えそうな気がするのだ。

学ぶべきことが多い慌《あわ》ただしい日々であったが、自宅で母や妹と過ごすことは鬱屈がたまる事態だったので心情的には助かっていた。そうやって考えるとあれだけ馴染めなかった学校も、それなりの逃げ場にはなっていたのかもしれないといまになって思う。

「御雇さん。御用が済んだら、そこにあるお菓子を応接室にお持ちして」

詰め所に戻るなり最年長の呉《くれ》命婦に命ぜられ、膝から崩れ落ちそうになった。なにしろいま御常御殿の長い畳廊下を掃除してきたばかりなのである。しかも命じた呉はゆうゆうと座り、大福を頬張《ほおば》っているではないか。

そんなにゆったりとしている間にあなたが——とは言えずに「はい」と返事をして盆を手にする。二つの漆塗りの菓子皿にはカステラがのっていた。客に大福は出しにくいのかもしれない。

妃奈子は詰め所を出て、応接室にむかった。こちらはお目見得を受けた女官応接室とは別の場所で、参内した高官や華族、皇族らを接待する客間である。中に入ってはじめて知ったことだが、男子禁制の御内儀も許可を受けた者はもちろん入れる。その取次をするのは命婦の役目だった。

長い廊下を抜けて、まずは給湯室に入る。隣が応接室である。コーヒーと紅茶のどちらがよいか？ それとも煎茶のほうが良いだろうかとしばし考えるが、まずはカステラを出してから本人の希望を訊くのが早いと、応接室の扉を叩く。

「どうぞ」

間近に響いた男性の声に扉を開けると、すぐ先に純哉が立っていた。

「高辻さん⁉」

「ああ、妃奈子さんか。どなたかと思いました」

などと言うが、半年前とちがって純哉に戸惑った様子はない。扉を開けてすぐに妃奈子だと気づいたような反応だった。ほぼ半年ぶりに会う純哉は、以前と比べてずいぶんと落ちついて見えた。前はどこかぎこちなかった三つ揃いの着こなしが、いまではすっかりさまになっている。四月に再会したときは初々しさにときめいたが、いまは洗練された着こなしに胸が高鳴る。

「よかった、採用されたのですね」

「おかげさまで」

妃奈子の採用の可否は純哉の耳に入っていなかったようだ。確かに女官は宮内省に属するが、人事部ならともかく、新人の純哉がそこまで把握しているとは思えない。

「久しいな、海棠」

男性のように姓で呼ばれるのは珍しい。純哉の背中越しに、ソファに座った涼宮が見えた。淡いベージュ色のテーラードスーツは、しなやかなサマーウール製である。

「摂政宮様」

「採用となったことは藪蘭から聞いていたが、袿袴姿ははじめて見たな。なかなかよく似合っているぞ。なあ、そう思わないか、高辻」

なぜそこで純哉に同意を求めるのか？　と妃奈子は焦った。そんなことを訊かれては彼だって反応に困るだろうに。

純哉はしげしげと妃奈子を見つめ、どういうつもりか得意げに微笑んだ。

「ええ、本当に。雛人形のようですね」

「ちがいない。堅物のお前にしては気の利いたことを言うな」

磊落《らいらく》な涼宮に、純哉も苦笑いを浮かべている。しかし妃奈子は笑って流せない。無自覚ながら多少意識している純哉から、こんなことを言われたのだから焦るのはやむをえなかった。

(ちょっと待って、お茶の好みを訊きに来たんでしょ)

自分の目的を思いだし、妃奈子はテーブルの上にカステラを置く。

そのうえで、是非とも採用の件について訊きたい。本当に涼宮が推薦をしてくれたのなら、どうあっても礼を言わねばならない。

「お飲み物をお持ちいたしますが、なにがよろしいでしょうか?」

「そうだなあ」

妃奈子の問いに、涼宮が首を傾げたときだ。開けたままにしていた扉から、月草が入ってきた。今日は朝から袿袴だった。薄藤色《うすふじいろ》の袿には、菊と尾長鳥の比翼文が織り出してある。丸袖は白羽二重。妃奈子の着る緋縮緬との使い分けは、年齢だという。若年者は緋縮緬を用いることが多い。もちろん白羽二重を着ても差しつかえはない。月草は普段は洋服なのに、ときどき思い出したように袿袴を着る。なにが基準なのかよく分からない。

「宮様!」

そう声をあげたときの月草は、満面に喜色を浮かべていた。鉄面皮とまでは言わぬが、常に冷静な彼女のこんな表情を見るのははじめてだった。

「祥子《さちこ》、どうした？」

「どうしたもこうしたもございません。いらっしゃると知らせていただければ、私がお迎えにあがりましたのに」

月草は抗議する。ちなみに祥子は月草の実名である。姓は庭田《にわた》で、賜姓源氏《しせいげんじ》の流れを汲む旧羽林《うりん》家出身だ。しかしなぜ彼女にかぎり下の名前なのか？　藪蘭は源氏名で呼ばれていたし、源氏名がない妃奈子は苗字《みょうじ》だったのに。

「なにを言っている。それは命婦の仕事だろう」

「いいえ。宮様にかんしては別です。なにせ私は宮様の学友ですから」

頰を膨らませる月草に、妃奈子はただただ啞然とする。他人に対してこんなに好意をさらけだす彼女をはじめて見た。

学友ということは、つまり華族女学校でともに在籍していたのか。年齢は四、五歳ちがうようだが、入学年齢は各々の事情で違ってくる。そもそも学友がかならずしも同級生とはかぎらない。

「分かった、分かった。今度からは直接お前を呼ぶよ」

「ええ、ぜひそうなさってくださいませ。それで仕立屋はもう準備をしておりますが、その前に御上にお会いくださいませ。お義母《かあ》さまにお会いできることを、今朝の御通学前からずっと心待ちにしておられます」

「もう、お戻りになられたのか？」

「今日は五時限で終業の日でございます」

涼宮は壁時計を見上げた。マホガニー材の振り子時計は、鍵穴《かぎあな》のような形をしている。十五時を少し過ぎたところだった。

「そうか、ならば伺うとするか」

「あの、お茶を――」

せめて一服してもらったほうがと思ったのだが、涼宮は腰を浮かせながら右手を軽く振った。

「かまわずともよい。なんなら高辻に出してやってくれ。この者はここで私を待たねばならぬのでな」

「どうぞ、おかまいなく」

純哉が言う横で、涼宮はちらりとテーブル上のカステラに目をむける。一皿に二切れずつ、フォークが添えてある。

「ちょうど二皿ある。お前達で相伴をおし」

予想外の展開に戸惑う妃奈子に、月草が言った。

「遠慮なくいただきなさいな。そのカステラは長崎からの献上品で、東京ではなかなか食べられないものよ」

カステラはもともとポルトガルから長崎に伝わった、いわゆる南蛮菓子である。もちろん東京でも食べられるが、長崎産となると箔《はく》がつく。しかも皇室への献上品なら老舗《しにせ》からの品にちがいない。

「よろしいのですか？」

「よいと言っているでしょう。それとお待ちいただく間、そちらの御役人さんにもお茶を差し上げなさいな」

早口に言い捨てると、月草はいそいそと扉を開く。涼宮は肘掛《ひじか》けを押すようにして立ち上がった。ベージュのロングスカートの裾からは、飴色《あめいろ》に染めたキッドスキンの紐靴がのぞいた。

「いってらっしゃいませ」

深々と頭を下げる純哉に、涼宮は「うむ」と低く答える。

次に彼女は妃奈子を一瞥する。知性と凛々しさを兼ね備えた美貌には、同性でもうっとりと見惚《みほ》れてしまう。卒業式で同級生が騒いでいた気持ちがよく分かる。

「海棠」

涼宮が呼ぶ。

「茶を淹れて、しばらく高辻の相手をしてやってくれ。それとそこのカステラはほんとうに美味だから遠慮などするなよ」

そう言って涼宮は、得意げに微笑んだ。

「は、はい」

コーヒーや紅茶より煎茶がいいと純哉は言った。

しかし給湯室で茶筒を確認すると、玉露しかなかった。さすがである。玉露は煎茶の中でも最優良の品だ。宮城のものとなれば、茶でも一級品となる。しかし玉露はぬるめに淹れる茶なので、湯を冷ますのに時間を要する。それでいったん応接室に戻って、その旨を伝える。

「少しお待ちいただくことになります」

「どうぞ、おかまいなく」

恐縮したように純哉が言う。

実家ではあまり淹れることはなかった玉露だが、おぼろの記憶をさぐりながら工程をこなして急須を傾ける。若葉を溶かし込んだような美しい新緑色の液体が白磁の茶碗に映える。茶器を持って応接室に戻ると、純哉は申し訳なさ気に頭をかいた。まだ立ったままでいたので席を勧めると、しばし躊躇ったあと一人掛けの椅子に腰を下ろした。

「すみません、煎茶が一番手間がかからないだろうと思っていたものですから……」

善意がかえって裏目に出たことに戸惑っている。妃奈子は苦笑交じりに返す。

「玉露以外の日本茶は確かにそうかもしれません。番茶などは気軽に飲めますものね。ですが私個人のことを言えば、紅茶が一番淹れなれております」

「ああ、そういえばそうでしたね」

英国では紅茶が主流だということは、純哉も知っていたようだ。紅茶の淹れ方が日本茶に比べて安易というわけではないが、沸騰したての湯を使うことが推奨されるので、温度管理にかんしては分かりやすい。

「どうぞ、早めにお飲みください。玉露はもともとがぬるいので、少し間をおくとあっという間に冷めきってしまいます」

純哉に茶を勧めたあと、妃奈子は表向きはさりげなさを装いながら、内心ではどぎまぎしながら彼のはす向かいに腰を下ろした。異性のそばに座るなど大胆な女だと思われやしないかと懸念したが、そうしなければカステラがいただけない。

妃奈子は卓上に視線をそらし、純哉を直視しないようにして茶碗に手を伸ばした。温度に気を使ったかいがあり、玉露の甘味ととろみがうまく引き出せている。

「これは美味しいですね」

純哉も褒めてくれたので、ひとまずほっとした。玉露を淹れる手順はぼんやりとしか覚えていなかったがうまくいったようだ。

「よかったです。高価なお茶なので、きちんと淹れられないともったいないと心配していました」

「そうなると、安い番茶のほうが気楽かもしれません」

純哉の一言に、妃奈子は深くうなずく。そのあと二人は目を見合わせ、同時に笑いだした。ここまでうっすらとただよっていたぎこちなさが、霧が晴れるように取りはらわれて空気が軽くなる。

月草の言質《げんち》を取ったことで、遠慮なくカステラを口にする。黄身色の生地はブランデーケーキのようにしっとりとしていた。以前に食べたカステラはふんわりとしていて、それはそれでおいしかったけれど、こちらのほうがいかにも銘菓という印象ではある。これは安い番茶ではもったいない。苦労して玉露を淹れた甲斐があったというものだ。しばしの間、黙々と食べることに集中する。

「女官の仕事は慣れましたか？」

妃奈子がカステラを食べ終えた間合いで、純哉が尋ねた。妃奈子は茶碗に伸ばしかけていた手を止めた。お茶もお代わりを持ってきたほうがよいかもしれないと、空になった純哉の茶碗を見て思った。

「いえ。まだ数日しか経っておりませんので、なにもかも分からないことばかりです。身の回りのことも細々とした決まりがあって、針女がいなければどうなったことか……」

「針女？」

「侍女のことです。先程の月草の内侍さんが私の世話親なので、彼女の針女の一人が私の世話をしてくれているのです」

妃奈子付きとなった針女は、初日に着付けの世話をしたうちの若いほうの者だった。名は千加子《ちかこ》で、年は二十二歳である。千加と呼んでくれと言うが、実家で働いていた女中と家従も〝さん〟をつけて呼んでいたのでどうにも慣れず、いまのところは千加さんと呼んでいる。ちなみに月草は、母親のような年齢の老女もとうぜんのごとく呼び捨てにしている。羽林家という名門出身がなせるわざなのか。

月草の局では、針女が五人と下女一人が仕えていた。彼女達は雇員ではなく、給金は月草が支払っている。これだけで女官の給与がいかに桁外《けたはず》れなものなのかが分かる。これからは千加のぶんは妃奈子が払うことになる。妃奈子は内侍よりも身分の低い命婦で、しかも見習いだが、それぐらいの給与はもらえるということだ。

だからこそきちんと働かなくてはと思う。そのためには一日でも早く仕事を覚えなければならないのだが、現実にはなかなか手際よくいかない。とりあえず作法や秩序を保《たも》つための決まりが驚くほど細かい。女官の仕事に慣れたのかと訊かれても、ぼちぼちとすら言い難い状況だ。

それでも家で過ごすよりずっと気楽に思えるのが、自分でも不思議である。母や妹との生活は、それほど心の負担が大きかったのだとあらためて実感する。身内に対してこんな感情を持ってしまうというのも、それはそれで切なくなるのだが。

「高辻さんは、宮内省のお仕事にすっかり慣れられたようですね」

「いえ、まだまだ手探り状態です」

「けれど摂政宮様から、このようにご信頼を受けておいでではありませんか」

役所仕事は基本は男性のもので、まして新人教育の過程など女子の妃奈子には知る由もない。しかしお目見得の日に再会したとき、純哉はすでに涼宮の側についていた。新人とは思えない抜擢《ばってき》ではあるまいか。

妃奈子の言葉に、純哉は緩やかに首を横に振る。その顔にはちょっと困ったような笑みが浮かんでいた。

「――それは私が、奥羽《おうう》の出身だからですよ」

奥羽とは、東北地方をさす古い言葉である。律令《りつりょう》の時代から、それこそ廃藩置県まで東北地方はそう呼ばれていた。しかし妃奈子が物心つく頃は、すでに各県の呼び名は流通していた。

奥羽出身だからなんだというのだ？　そう思ったが、あまりにもあたりまえのことのように言われたので、逆に問うて良いものかどうか悩んだ。

少し前の妃奈子なら、そこで終わっていた。自分が非常識で物を知らない人間だと思っていたから、なにか尋ねることが恥ずかしかったのだ。

けれどお目見得の日の、藪蘭と月草の反応で思いだした。知らぬことを訊くのは、けして恥ではないということを。まして奉職をはじめて数日しか経っていない。右も左も分からぬ場所で、ものを訊かずに過ごせるはずがない。だから妃奈子は恥ずかしいと思わないように心掛け、恥ずかしくても訊くようにしようと意識を変えた。

「なぜ奥羽の方だと、信頼されるのですか？」

率直に尋ねた妃奈子に、純哉は目を円くする。まじまじと妃奈子を見つめたあと、ああと思い出したように相槌を打つ。

「外国育ちでしたね」

「はい。ですから私は、皆様があたりまえにご存じのことを知らぬのです」

「だとしても、知ろうとしてくださることが嬉しいかぎりです」

その言葉に妃奈子は力づけられる。純哉は柔らかく微笑み、壁時計に目をむけた。硝子戸のむこうで振り子がゆらゆらと揺れている。

「奥羽だから信頼されているわけではなく、摂政宮様は奥羽のために私を側に仕えさせているのです」

「？」

「御一新前、この国では維新側と佐幕側の間で内乱が起きました。奥羽と北越の藩は、幕府側となって戦ったのです。よって新政府下では賊軍と蔑まれ、政府の要職からはことごとく退けられました」

政府の要職が、維新に貢献があった一部の藩出身者で占められていることは、周知のことであった。いわゆる藩閥政治というやつだ。いまは藩ではなく県と呼んでいるが、該当する地域は変わらない。新政府成立から年月を経たいまは以前ほど極端ではないが、やはりその傾向は残っている。

功績があった者達が優遇されるのは、まあ分かる。でなければ身を挺《てい》したことが報《むく》われぬ。敵対勢力が中枢から退けられることも世の道理だろう。その一方で、ならば四民平等を高らかに謳うなという反発はある。

いずれにしても佐幕側を賊軍と蔑むのは、いくらなんでもひどくないか。彼らは自分達の主君である幕府に忠義をたてるという、当時の武士としてまっとうな心を持って行動したに過ぎないのに。

「まったく、勝てば官軍とはよくぞ言ったものです」

自嘲的に純哉が言った。それは妃奈子がはじめて目にした、彼に兆した影のような暗い気配だった。どんなに朗らかな人間でも、自我を持つようになれば多少の鬱屈は抱えるだろうから不思議ではない。

　ただここまで聞いても、なぜ涼宮が純哉を重用しているのかが分からない。佐幕側がかわらず蔑まれるというのであれば、新政府としてはむしろ遠ざけようとするのではないか？　そんなふうに考えた矢先、妃奈子の脳裡に卒業式での涼宮の祝辞がよみがえる。

　涼宮は、御一新以降の世の激動を羅針盤に喩えた。前代の羅針盤は精度が低く、時として誤作動を起こす危険性もはらんでいる。そのために少なからずの遭難者を出してしまったと彼女は言っていた。

　あの言葉は戦乱による犠牲者のみならず、忠義を尽くした結果、賊軍の汚名をかぶった者達のことをもさしていたのではないのだろうか。

「ひょっとして、摂政宮様は奥羽の方々を慮《おもんぱか》って？」

「御名答」

　静かに純哉は答えた。

　なるほど。涼宮が人々からあれほど慕《した》われている理由が、この話を聞いただけで合点がいった。彼女の年齢と内親王という立場を考えれば、幕末から新政府にかけての混乱はほぼ記憶にないはずだ。

　けれど涼宮は想像したのだ。

　現状と過程に鑑みて、そこにいる人達がどのような思いを抱えて生きているのか。そして蔑まれた者達を励ますために、蔑む者達を牽制《けんせい》するために行動を起こした。その代表として選ばれたのが、二十四歳の青年・高辻純哉なのだ。

直宮という尊い立場で、摂政宮という要職にある涼宮が、賊軍と呼ばれた藩出身の青年を間近に控えさせれば、人々はいがみ合っていた時代がとうに過ぎたことを否《いや》が応《おう》でも突きつけられる。そのうえで純哉が涼宮、はては国のために献身を尽くせば、人々は奥羽の者達を賊軍と呼ばなくなる。

「となれば、高辻さんは責任重大ですね」

「ええ、まったくその通りです」

そう答えたときの純哉からは、強い気概が満ちていた。だからこそ涼宮は彼を選んだのだと思わせるほどに。

――この人は、新しい羅針盤なのだ。

妃奈子がそう思ったとき、戸が開き、白襟の着物をつけた女嬬が顔をのぞかせた。

「御雇さん、お裁縫所においでください。月草の内侍さんがお呼びです」

「そういうわけで、あなたにこれを訳して欲しいのよ」

そう言って月草が手渡したものは、外国製の婦人服のカタログだった。彩り鮮やかな挿絵がドレスの雰囲気をよく伝えているが、説明はすべてフランス語だ。ひるみかけた妃奈子を前に、テーブルの上に分厚い書籍が置かれた。仏和辞典だ。

「よろしくお願いします」

四十歳くらいの洋装の婦人が頭を下げた。シンプルなブラウスに、幅広のプリーツがついたロングスカートを穿いている。裁縫所の仕立屋である。女官ではないが宮中専任の職人で、助手として二人の若い女性を使っている。宮中の裁縫所は、洋服の仕立てをする専門部署だ。女官の服はもちろん、皇后宮が存命中は彼女の服もここで仕立てていた。

その彼女達と月草の奥にある天鵞絨《ビロード》張りの長椅子には、涼宮が腰を下ろしていた。肘掛けにのせた手で頰杖《ほおづえ》をつき、困惑と面倒くささが入り交じった面持ちでこの光景を眺めている。

「欧州での滞在経験があると、内侍さんからお聞きしました。御通弁の方が一緒でなければ私一人では不安がございますので、お手伝いをお願いできますか」

仕立屋があらためて依頼の意図を説明する。

妃奈子が裁縫所に呼ばれたのは、参内予定であったフランス語の通弁が急病で上がれなくなったからである。洋装が一般的になった男性とはちがい、女性の洋服、とくに正装はまだ外国のデザイン頼りである。ゆえに輸入品のカタログや型紙を参考にしながら仕立てるのだが、これを理解するのにはある程度の語学力が必要とされる。

経験を持つ仕立屋であれば、会話はできずともカタログに記載してあるぐらいの単語は読み取れそうなものだが、はじめて手掛ける摂政宮のドレスとあって、やはり万全を期したいとのことで妃奈子が呼び出されたのだった。

「ですが私、フランス語はあまり自信が……」

「そこは二人で協力して、うまくおやりなさい。佐々岡《ささおか》さんも洋裁用語はだいぶ承知しているということだから」

容赦なく月草は言った。佐々岡というのは仕立屋の苗字らしい。彼女とその二人の弟子は女官ではないので、宮中の序列にはあてはめられない。ゆえに呼び方も丁寧である。妃奈子に対しては相変わらず上から目線で、能否を問うのではなく〝するように〟と命じている。

「おい、祥子。それが人に物を頼む言い方か」

若干呆れたように、涼宮が口を挟む。今上をのぞけば並ぶ者のない尊き直宮さまが、なんとも常識的なことを仰せになるものだと、女官達の封建的な関係にぼつぼつ慣れはじめていた妃奈子は、彼女の民主的な発言にかえって驚いた。

「頼んでいるのではありません。これは彼女の仕事です」

悪びれたふうもなく月草は言った。

「御上のご依頼で、宮様のご衣装《いしょう》をお仕立てするのです。であればそれをお手伝いすることは女官の仕事です」

「だから観菊会のための衣装なら、去年のものでよいと言っているだろう」

「なりません」

ぴしゃりと月草は言った。

「観菊会は諸外国からの使節をお招きする、大切な国際交流の場。皇后宮ご不在の現状では、宮様は我が国を代表するもっとも尊き女性でございます。万が一にでも見劣《みおと》りするようなことがあってはなりません。もちろん宮様の美貌は国内外を問わず、どの来賓も足元に及ばぬ優れたものでございますから、なにをお召しであろうと見劣りすることなどあろうはずがございませぬ。ですからこそ完璧な尋問服《ヴィジティング・ドレス》をお召しいただいた姿を来賓方に示して、我が国の誉れとしていただきたいのです。そのためならば私共は微塵たりとも尽力を惜しみませぬ。宮様の素材の良さだけに甘えて手を抜いているなどと来賓方から思われたら、女官として恥ずかしいかぎりでございます」

「……祥子、いまは私のほうがだいぶ恥ずかしいぞ」

渋《しぶ》い顔をする涼宮に、だろうなと妃奈子は内心で同意した。涼宮の際立った美貌は確かに他の婦人達を寄せつけないレベルにあるが、この月草の称賛を平然と肯定するような人間だったら、おそらく摂政には就任していない。謙遜は過ぎると嫌みだが、やはりある程度は必要なものである。

「そもそも私の衣装の世話をするのは、お前達ではなく摂政付きの女官だ。なにか不具合があったところで、立場がなくなることもあるまい」

「御上がお義母さまへの敬意を表して、宮中裁縫所での仕立てを依頼したのでございますから、それは私共の仕事でございます」

「私は自分の御用達《ごようたし》の仕立屋がいるのだが……」

ぼそりと涼宮が言った。そうだろう。たいていの皇族や華族はそうだ。

しかしここで大切なのは、帝が涼宮のために自らの管轄下にある裁縫所に依頼したということなのだ。そこには帝の義母に対する、尊重と孝の念がある。

涼宮も厚意はとうぜん名誉と受け止めているだろうが、そのために参内して採寸をしなければならないというのは彼女にとって手間にちがいない。なにしろ涼宮は、御用達の仕立屋を自分の都合で自邸に呼べる立場にあるのだから。

じっくりと話したことはないが、印象として涼宮の思考は革新的かつ合理的である。となればこの参内も月草の情熱も、涼宮には若干不本意であるのかもしれない。

その涼宮のぼやきを完全に無視して、月草は妃奈子を一瞥した。

「それにこの娘は、機会があればフランス語も学びたいと言っておりましたので、よききっかけでございましょう」

よくそんな半年も前の話を覚えていたものだと、妃奈子は感心した。

確かに言った。お目見得のさい、ちょっと意地の悪い物言いをした月草に反論するべく見栄《みえ》を切った。あれで絶対に不採用だと思っていたのに、涼宮の薦めもあって採用されてこの状況に至っている。

妃奈子は月草の発言の真意を考える。当てこすりや嫌みに受け取れなくもない。けれど採用された事実に鑑みれば、少なくとも妃奈子の見栄は受け入れられた。となればこの場で多少の皮肉を口にしたところで、気概は買ってくれているということだ。

ならば、応《こた》えてやろうではないか。

「その通りです。ありがとうございます」

妃奈子の反応に、涼宮と仕立屋がきょとんとなる。しかし月草は表情を変えない。

数日間の付き合いで分かったことは、月草がとても率直な性格の持ち主だということだった。下位の者に対する尊大さも最初こそ驚いたが、けして意地悪ではない。上の者に対してはもちろん丁寧にふるまうが、それは秩序と礼儀を保つためのもので、卑屈さは微塵もうかがえない。凛と筋が通っている。つまり彼女は、相手によって己の芯《しん》を変えることがない人なのだ。

「私にフランス語を学ぶ機会をくださいまして、感謝いたします」

仕立屋がなるほどという顔をする。妃奈子がなにに対して礼を言ったのか、先刻のやりとりではよく分からなかったのは無理もない。

妃奈子の礼に、月草は卓上の辞書を指さした。

「その辞書で調べてしっかりおやりなさい。桐谷《きりがや》御用掛《ごようがかり》が使っているものだから、物にまちがいはないはずよ」

桐谷というのは、フランス語通弁の名前である。御用掛というのは女官の役職名だ。宮中に住み込む女官とはちがい、必要に応じて参内する通いの者達で既婚者も多い。その多くは通弁だが、皇后宮が存命のときは和歌や楽器演奏の指導者もいたらしい。彼女達は一般的に女性が得ることは難しい、高い技能を習得している。その能力によって仕事を得ている。

そしていま妃奈子も、彼女達と同じことを要求されている。欧州で暮らした経験と技術を生かして、ここで役に立てと要求されている――なんという誉れか。武者震いが起きそうだ。

「頑張ります」

意気込んで応じた妃奈子に、月草は淡白にうなずいただけだった。こういう人だと分かっていたので別に気にもならない。月草は仕立屋のほうに視線をちらりと動かした。

「では佐々岡さん、お願いね」

仕立屋はかしこまってうなずく。彼女の背後に控える助手の娘達も緊張した面持ちを浮かべている。

ここまでの一連のやりとりを聞いていた涼宮は、しばしぽかんとしたのち、やがて小さく噴《ふ》き出《だ》した。

「まったく、これだから女官達《おまえ》は」

そう言って彼女は、愛《いと》おしそうに微笑んだ。


その翌日となる土曜日。妃奈子は配膳室《はいぜんしつ》にいた。

命婦の主な仕事のひとつに、帝の食事の毒見がある。

大膳《だいぜん》で作られた食事は、御前係の女孀によって配膳室まで運ばれる。そこですべての料理を少しずつ小皿にとりわけて、当番の命婦が口にするのだ。とはいえ近代の世で毒殺のような物騒《ぶっそう》な事態が起こる可能性は低く、毒見の主な目的は料理の味付けや鮮度等の最終確認となっている。

台盤を挟んだ先で、御膳係の女孀が昼食のお菜を皿に取り分けている。

帝の食事は品数が多い。夕食などは二十近くに及ぶ。朝は麵麭《パン》と牛乳を中心に、いくつかのお菜が出る程度で、昼食はその中間ぐらいの数となる。

しかし若い帝は学校があるので、お昼を宮殿でいただくのは土日のみだ。学校も官庁も土曜日は半休で、日曜日は休みが通常である。

いまが旬《しゅん》の戻り鰹《がつお》は刺身としてお出しする。煮物は鴨肉《かもにく》を使った治部煮《じぶに》に揚げ豆腐を炊《た》いたもの。副菜に卯《う》の花《はな》と青菜のおひたし。他に小皿や小鉢がいくつか並ぶ。汁物は麩《ふ》入りのすまし汁だ。命婦がいただく毒見の量はほんの少しだが、品数があるので腹はけっこう膨れる。

「私、お刺身はお醤油《しょうゆ》でいただくものだと思っていたわ」

刺身を載せた皿の端《はし》におろし生姜《しょうが》が添えてあるのを見て、妃奈子は言った。するととりわけをしていた、若い女嬬が箸《はし》を止める。

「私の実家では、生姜やぽん酢でいただくことも多かったですよ。鯛《たい》のように淡白なお魚だと、醬油で味が消えてしまうことがありますので。採れる魚も醬油の種類も、地方によってだいぶん違ってきますからね。九州のお醬油はずいぶんと甘くて、煮物に使うぶんにはよいのですが、これではお刺身はとても食べられないと思いました」

ぺらぺらと喋るこの女嬬は鈴《すず》と呼ばれており、年は十六歳だ。判官女官とはいえ、妃奈子にとって貴重な同世代である。御膳係ということで頻繁に顔をあわせるので、近頃は気さくに話をするようになっていた。

鈴は伯父が宮内省の属官で、その縁故で採用となったという話だった。

判官女官はもちろん、局では立場の低い針女も、みな身元がしっかりした良家の出身である。人から仕えられるほどでなくとも、仕えるような境遇でもないだろう。それなのになにを好んで、低い立場を強いられるこんな階級社会に入ってきたものなのか。若い娘達は行儀見習いのためとも聞くが、あるいは女嬬や針女の中にも、妃奈子と似た事情を持つ者もいるのかもしれないと思った。

「そういえばイタリアでは、生魚をオリーブの油でいただくことがあるそうよ」

カルパッチョという料理で、前菜によく出てくる。人が食べているのは見たことがあるが、自分が口にしたことはなかった。

「外国の方も生魚を食べるのですね。それにしても油ですか？　なんだか想像もつきません」

「イタリアの人は麵麭《パン》にもつけるわよ」

鈴は露骨に辟易した顔をする。オリーブオイルを知らない彼女にとって、菜種油を米飯にかける感覚なのかもしれなかった。

毒見をすませた食膳《しょくぜん》を、中の口まで鈴が運ぶ。そこから妃奈子が膳を受け取る。女嬬はこの先には立ち入れないからだ。畳廊下から御膳の間の前まで進むと、入り口に立っていたのは白藤権典侍であった。抹茶色の袿は、比翼文を織り出した二陪織物である。以前と同じようにつぼをつけずに裾を引いている。

ひるむよりもまず驚いた。奉職をはじめてひと月以上経つが、御内儀で白藤と顔をあわせたのは初日以来ではないだろうか。内侍以下の女官は定時の交代勤務となっていたが、典侍の二人は自由勤となっていた。それでも女官長ともいうべき存在の藪蘭は頻繁に見かけるのだが、白藤はほとんど内儀に出てこない。それを考えると初日に顔をあわせて嫌みを言われたことは、そうとうな悪運だったとしか思えない。

警戒しつつ膳を渡すと、白藤は声掛けどころか目もあわさずに受け取る。下手に話しかけられて嫌なことを言われるよりはずっとましである。

それにしても今日の陪膳役《ばいぜんやく》が白藤というのなら、帝は実母を脇に立たせて食事をすることになる。子が妾である母を使用人として扱うことは民間では珍しくもないが、皇室の場合は側室となる女性も身分が高いので、どうにも違和感がある。

帝の側室となるのは、旧公家でいう羽林家以下の旧堂上家の女子のみである。そうすることで帝の生母が卑賤《ひせん》の者となる危険を避けられる。ちなみにそれより上の家柄、すなわち摂家、清華、大臣家出身の娘は皇后候補となるので側室にはならない。皇族の姫も同様である。

普通に暮らしていればまず妾のような弱い立場にはならない名門の子女を、尊貴を保つために敢えて階級分けをして側室とすることに妃奈子はなんともすっきりしない思いを抱く。だからといって身分の低い者であれば妾として扱ってもよいと言われれば、それも是とは言い難い。そもそも四民平等を謳っておいて、立場ならともかく身分という言葉が生きていること自体が矛盾している。

中の口まで戻ると、鈴が二の膳を手に待っていた。それを受け取り、妃奈子はふたたび畳廊下を進む。次の三の膳も同じ作業を繰り返し、これでしまいだとほっとした矢先、それまでずっと黙っていた白藤が口を開いた。

「桐谷御用掛の代役を務めたそうね」

世間話でしかなさそうな内容にもかかわらず、妃奈子は身構えた。なぜなら自分を見る白藤の目には、あきらかな敵意がみなぎっていたからだ。

一の側に配置されたという事情もあって、よい印象を持たれているとは思っていなかった。加えて月草に対する態度から、もともとが誰に対してもそういうふうにふるまう人なのだと分かってはいたが、やはりこの態度には警戒してしまう。

「はい。摂政宮様のご衣装の採寸がございましたので」

「賢しらに、出しゃばった真似を」

一瞬、なにを言われたのか分からなかった。

呆然《ぼうぜん》とする妃奈子に一瞥もくれず、白藤は踵を返して奥に入っていった。

しばしその場に立ち尽くす。しばらく聞いていなかった、母親から頻繁に言われていた非難の言葉は、他人の口から聞いてもやはり心をえぐった。

「そんなことを言われたって……」

泣きたいのと、腹立たしいのがごちゃごちゃになって気持ちの整理がつかない。自分は月草から命ぜられて役目を果たしただけなのに、なぜあんな言われかたをしなければならないのか。

気にすることはない。誰がどう考えたって白藤が理不尽だ。けれどそれを承知したうえで、賢しらという言葉が深々と突き刺さっている。帰国してから四年間。ねちねちと母に言われつづけた言葉が刻んだ心の傷は思った以上に根深かった。

憔悴《しょうすい》して畳廊下を戻ったところで、中の口にいた鈴が声をかけてきた。

「妃奈子さん、どうなさったのです？」

「え？」

「ものすごい猫背になっていたので、ひょっとしておまけですか？」

おまけとは月経のことである。妃奈子はあわてて背筋を伸ばす。まったく自覚がなかったが、傍目には老婆のように背を曲げて歩いていたのだった。

「ちがうわ。そもそも私はそんなにきつくないから」

「え～っ、そんな人っているんですね。羨ましいです。私なんてひどいときは身動きが取れないくらいにお腹《なか》が痛くなります」

それが本当なら大事である。月経痛がひどい者の話は聞いたことがあるが、実際に遭遇したことはなかった。欧州では初潮が見られるかどうかの瀬戸際の年だったし、華族女学校では友人がいなかったので、他の生徒がどんなものなのかよく分からなかった。

「そうなんだ。それは大変ね」

「もう毎月、いやになっちゃいますよ。まあ、いつもひどいわけじゃないんですけど。ところでおまけじゃないのなら、どうなされたのですか？」

あらためて問われて、妃奈子は苦笑まじりに返した。

「ああ、心配をかけたわね。ちょっと怒られてしまって……」

「え、御上にですか？」

にわかに鈴はうろたえた。

「御上ではないわ。白藤の権のすけさんからよ」

「──ああ」

それだけで鈴は合点がいった顔をした。白藤の圭角のある気質は、本来であればかかわりを持たぬはずの判官女官にさえ知られているほどに有名なのか。

「運が悪かったですね。権のすけさんはもともと気難しい方ではあるのですが、いまは特にご機嫌斜めだと、針女達も困っていましたから」

この場合の針女達とは、とうぜん白藤付きの者達であろう。針女は御内儀には入らぬが、局では勝手口や湯場等の共有箇所があり女嬬達も話す機会も多いらしい。

「そうだったんだ」

「だから、そんなに気にすることはないですよ」

朗らかに鈴が言ってくれたので、少し心が軽くなった。

「観菊会にむけて、御上が摂政宮様のためにご衣装を御誂《おあつら》えになったでしょう。あれがやはり御生母としては面白くないようです」

思いもよらぬことを聞かされ、妃奈子は目を瞬かせる。

「ですがしかたがありません。御上のお母様は公式には先の皇后宮様。そしていまは摂政宮様ですから。孝を尽くすとあれば、とうぜん摂政宮様に対してとなりますよ」

そういうことだったのかと、腹に落ちた。だから白藤は采寸に協力した妃奈子に嫌みを言い、涼宮と親しい月草にあれほど攻撃的だったのだ。つまり白藤は、涼宮が気に入らないのだ。尊き直宮に対して、まこと不遜《ふそん》な感情である。

「教えてくれてありがとう。おかげで気が楽になったわ」

妃奈子の礼に、鈴は「よかったです」と言って、にっこり微笑んだ。ついで彼女はくりくりした目で妃奈子の顔をのぞきこんだ。

「気晴らしにお庭を見にいきませんか？　観菊会のために育てている菊花がいくらか開いているようなのです」

「観菊会って、迎賓館で催すのではないの？」

「そうですけど、鉢植えのお花はこちらでも準備しているのです。花壇造りはもちろん現場でしかできませんけど、なにしろ展示する数があまりにも多いですから、庭師達が総出で準備をしているのですよ。これが観桜会なら樹木の選定だけで済むのですが、観菊会の準備は庭師にとって本当に大変みたいですよ」

「そうなんだ。私は摂政宮様のご衣装くらいしか関わらなかったから、そんなに忙しいものだとは思わなかったわ」

そもそもあれも、本来は御内儀には関係がないことだった。帝の厚意と、月草の妙な意気込みにより関与しただけだ。そのために白藤に嫌みを言われる結果になったのかと考えると損をした気もする。

「観菊会も観桜会も、表の行事ですからね。御内儀から参加なさる女官は、陪従役《ばいじゅうやく》の選ばれた方々だけです。選ばれたら選ばれたで、ご衣装の準備とかずいぶんな物入りとなって大変なようですよ」

鈴が言う『表』とは、御学問所と宮殿のことである。政府高官はもちろん使臣も出入りする公の場で、成人の帝であれば毎日出御して政務をこなすのだが、いまは隔日で涼宮が参内して代役を務めている。

「きっと大丈夫よ。その地位の方々は、私達では想像もつかないほどの御給金をいただいているはずだから」

妃奈子の俗っぽい発言に、鈴は声をあげて笑った。

十一月になり、ようやく涼宮の尋問服《ヴィジティング・ドレス》が仕上がった。観菊会の前日だったから、本当にぎりぎりの調製だった。それだけ手がかかっているということだろう。

裁縫所の試着室には、仕上がったばかりのドレスを着せたトルソーが置いてある。あまり広くもない部屋は、見学の女官達でおおいににぎわっていた。

その一角に妃奈子もいた。日々の業務で忙しい中、御雇の立場では仕事の手を止めることなど無理だろうと見学は諦めていたのだが、月草が採寸を手伝ったのだから見届けることは義務だと言ったので、他の女官達も表立って文句は言わなかった。

尋問服は昼間の礼装なので、大礼服《マント・ド・クール》や夜会服《イヴニング・ドレス》のように襟や腕の露出はない。直線的なデザインの黒のドレスは絹モスリンで、立ち襟から胸元にかけて象牙色《ぞうげ》の生地に黒い糸で、蔓《つる》模様のような繊細な刺繡《ししゅう》を施したレースをふんだんに縫い付けてある。スカート部分は腰骨のあたりで切り替えられており、たっぷりとギャザーを寄せた二重仕立てとなっていた。

「なかなかハイカラね」

「尋問服で、こういうデザインは新しいかも」

「摂政宮様は上背がおありだから、こういうドレスでも完璧にお召しになられるでしょうね。私達ぐらいの上背では、きっちり腰で切り替えたデザインでないと、こんなに丈の長いドレスの着こなしは厳しいものね」

などと分析を重ねる女官達の洋服は、腰でしぼった定型的なデザインのワンピースドレスである。自然とフレアに広がったスカートは、誰もかれもが床すれすれの丈だ。巴里ではあたりまえだった脹脛丈のスカートなど、宮中ではまだ考えられなさそうで、この涼宮の尋問服も、踝が見え隠れするほどの長さで採寸した。

やがて月草に付き添われて、涼宮が入ってきた。紺色のテーラードスーツは、艶《つや》のある天鵞絨《ビロード》素材。襟元にはシルクブラウスのボウタイがのぞいている。人だかりに涼宮は呆れた顔をした。

「なんだ、この人数は。女官達は暇ではないだろう？　ただの試着に、義理立てしてつきあう必要はないぞ」

「ちがいます。みな自主参加です」

声をあげたのは山吹《やまぶき》内侍。白藤と同年代で、高等女官の中では若いうちに入る。

美しい衣装を見たいという欲求は女性としては一般的で、かつそれを着するのが美貌の涼宮とあれば、みなわくわくして見学に詰め寄せようというものだ。まして彼女達のほとんどは観菊会に参加しないから、せめてドレス姿だけでも見ておきたいという気持ちはとうぜん芽生えるだろう。助手の娘がトルソーからドレスを脱がせ、涼宮を案内して試着室に入っていった。

「海棠さん」

仕立屋の佐々岡が近づいてきた。

「採寸のときは、お世話になりました」

「こちらこそ、佐々岡さんが専門用語に長《た》けておられたので助かりました」

たがいに相手の功績を称《たた》えて、頭を下げあう。なにげなく話していたけれど、この佐々岡という婦人もたいした存在である。教材も指導者も少ない洋裁の部門で宮中の専属になるのだから、よほどの技量と才覚の持ち主にちがいない。

「海棠さんは四年前までフランスで暮らしていたとのことですが、あちらのドレスの流行はどのようなものでしたでしょうか？」

いかにも洋裁師らしい問いだが、婦人服の流行、特に巴里のような最先端のモードが常に走っている街では、四年前の流行などすでに時代遅れとなっている可能性が高い。それを踏まえたうえで聞いて欲しいと前置きをしたうえで妃奈子は答えた。

「身体の線をあまり出さない、ゆったりとした衣装が流行《はや》っていたように覚えています」

「ギャルソンヌ・スタイルというものですか？」

「呼び方までは……」

当時の妃奈子は十三、四歳だ。街行く婦人達を見ていれば流行り廃《すた》りの傾向ぐらいは感じても、ファッションの専門的な用語など分からなかった。

佐々岡曰く。ギャルソンヌ・スタイルはボーイッシュ・スタイルともいい、直線的なシルエットや短いスカートなどの女性的な要素を遠ざけたデザインとなっている。ちなみにギャルソンヌはフランス語でお転婆《てんば》という意味である。聞いてみて、なるほどと妃奈子は苦笑した。

「そういえば巴里では、膝丈のスカートを穿いている方もいましたよ」

「え？　ひ、膝丈ですか⁉」

佐々岡の声が少しばかり裏返った。この国の事情を考えれば信じがたい話であろう。そもそも洋服を着る婦人が圧倒的に少ないから、流行を追う以前の問題となっているところもある。

「膝頭《ひざがしら》が見える人もいました。まあ、あちらの人は足が長いですから」

「だとしても、そのように大胆な衣装が流通するとは驚きです。やはり革命の国ゆえの風潮でしょうか？」

佐々岡の疑問に妃奈子は首を傾げた。確かに膝頭が見える丈のスカートは、日本人からすれば革命的に大胆である。しかしフランスという国には、それこそ絶対王政の時代よりファッションに敏感かつ大胆な風土があるから、そこにかんしてはあまり関係はない気がする。それに革命というのなら、この国の御一新も同じである。とは思ったが、服飾の専門家でもない妃奈子ははっきりと答えることはできなかった。

「どうなのでしょう。確かに巴里はとても洗練された街ではありましたが……」

「いつか私も、そのようなデザインの洋服を手掛けてみたいですね」

うっとりと佐々岡は言った。洋裁師として新しい流行に興味はあるのだろう。とはいえ洋服の需要が低いこの国ではなかなか厳しい話だ。しかも御内儀という場所で働いているかぎり、最先端をいくような斬新《ざんしん》なデザインの衣装を手掛けられるはずもなかった。

そんな話をしている間に、試着室の扉が音をたてて開いた。美しいドレスをまとった涼宮が出てくるものと思いきや、助手の娘が青ざめた顔で飛び出してきた。彼女はきょろきょろと室内を見回し、佐々岡の姿を見つけると駆け寄ってきた。

「先生、すみません」

深々と頭を下げられても、理由が分からないから佐々岡は訝し気な顔をしている。しかし容易ならざる事態が起きたことはうかがえる。

「どうしたの？」

「こういうことだ」

ゆっくりと試着室から出てきた涼宮に、佐々岡は目を見張った。美しいレースで飾られた尋問服は、スカートの丈が驚くほど短かった。

涼宮の長い脛《すね》が半分以上出ている。カタログは踝が見える程度のデザインだった。女官達もざわつきだす。肌を見せることを戒《いまし》められてきた世代の者達には、なかなか衝撃的だっただろう。

職業柄短いスカートも見ているであろう佐々岡も、この結果にうめいた。

「なぜ、こんなことに？」

「きっと私が採寸の数字を聞き違えて記録したのです」

助手が顔をおおった。そういう仕事の配分だったようだ。もう一人の助手の娘は、同情と非難が入り交じったような目を同僚にむけている。

様々な感情が入り混じる空気の中、涼宮が苦笑した。

「私が人よりだいぶのっぽだからな。普通なら採寸の数字を見ておかしいと思うものだろうが、気づかなくても無理はない」

この状況で自分をかばう涼宮に、佐々岡は低頭した。

「申《もう》し訳《わけ》ありません。急いで仕立て直します」

「いや、観菊会は明日だ。いくらなんでも間に合わぬ。なにより同じ生地がすぐには手に入らぬであろう」

丈を縮めるのではなく出すのだから、新たに生地が必要だ。ましておそらくだが一級品の布とレースを使用している。出切れがあるにしても、それで違和感なくうまく直せるものかどうか。和服であれば裄丈《ゆきたけ》を出すことも前提に仕立てるが、体型にあわせて裁断をする洋服はそのあたりの融通がきかない。

涼宮の指摘に佐々岡はぐっと黙りこむ。その反応がすべてだった。普通に考えて間に合うわけがない。

遠巻きにやりとりを見守っていた女官達が、こそこそと不審の声をあげる。

「なんだって、こんなことに」

「採寸を間違えて記したたって……」

「そんなことって、ありますの？　普通は何度も確認するものでしょう」

非難交じりのやりとりに、助手の娘は言い訳もなくひたすら黙している。彼女の立場ではそれしかできないだろうが、なぜそんな初歩的なミスをしてしまったのか、素人目にも不思議である。妃奈子は洋裁に詳しくないが、採寸のさいの状況は覚えている。佐々岡は聞き取りやすい声で寸法を告げていたし、それを記していた助手も復唱をして確認を取っていた。あの状況でこんな単純なミスが起こりうるものだろうか？

（ひょっとして単位を間違ったとか？）

尺を、吋《インチ》や糎《センチ》で記してしまった。あるいはその逆とか。外国のカタログは単位がちがうので、もしかしたらそのような間違いも起こりうるかもしれない。だとしたらカタログの説明をした自分にも、なにか落ち度があったのではないか？　まさか、の疑念が思い浮かび、ひやりとしたときだった。

「それにしても、卦体《けたい》なものやね」

女官達の中から声があがった。呉である。そりのあわぬ相手の発言に、妃奈子は彼女を注視する。

「佐々岡さんはもう何年も私達の洋服を仕立ててきはったけど、こないな間違いは一度たりとも起こしたことがなかったのに……御雇さん、あんたがなにか間違えて伝えたのではないの？」

心を読まれたのかと疑うほど、どんぴしゃりな指摘である。

妃奈子はカタログの説明を訳しただけで、採寸そのものにはかかわっていない。だから普通に考えれば関係ないと言いきれるのだが、もしも単位の間違いが原因であれば、自分の不始末という可能性は否定できない。

「命婦のくせに一の側に住まわせてもらって、いい気になっていたのではないの？」

「──そのようなつもりはありません」

「どうですやろ」

妃奈子の抗議を、呉は鼻で笑った。反論できない。局にかんしての思い上がりは、もちろん否定できる。けれど採寸ミスに自分はかかわっていないという証拠は示せない。なにしろ妃奈子自身もとつぜん思いついた可能性だったので、どうやって証明したらよいのかすぐに思い浮かばないのだ。混乱から顔を強張《こわば》らせるしかできない妃奈子に、ここぞとばかりに呉は嫌み交じりに勘ぐってくる。

「ちょっと外国の言葉に詳しいからって、賢しらに出しゃばった真似をしたのではないの？」

白藤につづいてのまたもやの指摘が、拳で腹を打たれたような衝撃をもたらす。

──また同じ言葉を言われた。

こんな短い間に別々の人から繰り返されるのだから、やはり自分にはそう思われてもしかたがない部分があるのだろうか？　憐《あわ》れみと蔑みをまじえた朝子の眼差しを思いだし、妃奈子の胸はざわつきだす。

「この娘にそれを手伝うように命じたのは私です」

声をあげたのは月草だった。

躊躇《ちゅうちょ》なく相手に槍を突き刺すような鋭い声音に、打ち払われたように胸が静まる。

「万が一そんなことがあったとすれば、それはこの娘を選んだ私のせいです」

月草は言い切った。経緯を考えればもっと感動してよいはずなのに、思ったよりも淡白に受け止めていたのは、月草のかもしだす雰囲気のせいかもしれない。部屋子を身を挺してかばうというより、自分の仕事の責任を取るというふうなしごく冷静な口ぶりだった。

娘のような年齢だが、身分的には上となる月草の指摘に呉はふてくされた顔でそっぽをむく。

「いえ、責任はすべて私にあります」

潔く佐々岡は言ったが、その表情は納得していない。誰のせいとかよりも、なぜこんな初歩的なミスが起きたのか、長年の経験を持つ職人として不可解なのだろう。

「ともかく」

この場にいる全員に対するよう、涼宮が切り出した。

「過ぎたことをとやかく言ってもしかたがない。いま必要なことは犯人探しではなく、なぜこのようなミスが起きたのか、そして二度と起こさないようにするにはどうしたらよいのかを検討することだろう」

涼宮の言い分はもっともなものだったし、佐々岡の不審にも対応していた。そもそも彼女自身が尋問服の新調にさほど乗り気ではなかったから穏やかなものだ。これが指折り数えて待っていたのなら、ここまで冷静ではいられなかったかもしれない。

みなが黙ったところで、涼宮は佐々岡に言った。

「お前はこれまで、数々の素晴らしい衣装を仕立ててきた。みまかられた皇后宮も、腕前は認めておいでだった。弘法大師《こうぼうだいし》とて筆を誤るのだから、さほど気に病むな」

その励ましは佐々岡個人に対するだけではなく、他人の失敗をとやかくあげつらう傾向にある女官達への牽制にも聞こえた。

「それに尋問服は他にも何着も持っている。いっそ袿袴か、紋付でもよかろう。紋付は一昨年《おととし》あたりから参内での着用が許可されていただろう。だが誰もが遠慮して、なかなか袖を通さない。私が率先して身につけなければ、皆も気軽に着用ができるではないか」

「なりません。なんの前触れもなく宮様が紋付など召されて登場されては、尋問服や裃袴で参内した者達の立場がありません」

涼宮の提案を、月草が真っ先に否定した。いま気にすることではないが、このやりとりから察するに、世間では礼装とされる紋付は、宮中では尋問服や裃袴より格下扱いということになるようである。

涼宮の言い分も月草の言い分も、それぞれに一理ある。

尋問服や裃袴は、内証の厳しい家ではなかなか手が出るものではない。参内許可を受けるほどの良家でも、それを負担に感じることは珍しくない。たいていの者であれば一枚は持っている紋付がもっと一般的になれば、参内者の負担は格段と減るにちがいない。そのために涼宮が率先して、紋付を着用しようというのだ。

しかしなんの前触れもなくやられては、尋問服や裃袴を着てきた者は調子が悪い。だからといって明日にむけて下知するというのも慌ただしい。

「そうか、それも不都合か。ならば紋付は次の機会にしよう」

月草の提案を素直に受け止めると、涼宮は首をひねった。

「では、なにを着ていこうか」

「そのままで良いと思います」

声をあげた妃奈子に、部屋にいる全員の注目が集まる。一瞬ひるんだが、自分がここで求められているものを考えて気持ちを強くする。一部の者から賢しらと言われようと、自分は外国の文化に通じていることを買われているのだ。少なくとも月草はそれを承知し、理不尽な攻撃からはかばおうとしてくれている。であればひるまず積極的に知見を伝えることこそ、彼女の意気に応えることではないか。

「近年の西洋では短いスカートが流行しています。大礼服となると存じませんが、夜会服ぐらいまでであれば膝丈のデザインも珍しくはなかったのです」

欧州に住んでいたときは夜会に参加する年齢ではなかったが、陳列窓の中でよく見かけていた。直線的なシルエットに傾斜した裾線《すそせん》など、斬新なデザインのドレスであふれかえっていた。

「私個人の感覚で申し上げれば、そちらのスカート丈のほうがむしろ当世風なのではと思います」

妃奈子の主張に、室内がしんとなった。さもありなん。街着ならともかく宮中着のドレスで短いスカートなど、床を引くようなスカートを着ている女官達は考えもつかなかったはずだ。戸惑いの空気の中、眉をひそめる者達の存在をはっきりと認識する。

「言われてみれば、そうだな」

涼宮が言った。

「先日の晩餐会《ばんさんかい》では、膝丈の夜会服を着た婦人と同席した。どこの国の者かは忘れてしまったが、あらためて思いだすまで気づかぬほどに違和感はなかったな」

「……で、ですがおみ足をさらすなど」

「ストッキングは穿くぞ」

不安げな声をあげた年配の女官に、涼宮は素っ気なく返す。

「刺繡入りのストッキングなど、よろしいかと」

佐々岡が言った。負い目ゆえか態度は控えめだが、物言いははっきりとしていた。

「象牙色の生地に、黒の糸で細やかな刺繡を施したストッキングがございます。こちらのドレスにもよく似合うかと」

確かにそれは映えそうだと、妃奈子も思った。

「いまの私の立場で申し上げるべき提案ではございませんが、凝《こ》ったデザインのストッキングや靴などは、むしろ足元を見せぬほうがもったいないものと存じます」

佐々岡の言い分が、保身ではなく服飾の専門家として確固たる意見であることは態度からすでに伝わっていた。

「どうか、一度お召しになっていただけませぬか」

「ただの試着に、そこまで懇願などせずともよい」

低頭する佐々岡をなだめたあと、涼宮は間近に立つ月草に目をむけた。

「祥子、どう思う？」

「どうもこうも、宮様が着こなせない衣装など、あるわけがございません」

涼宮の懸念や意図をまったく解さない答えである。とはいえ妃奈子も、月草の涼宮に対する絶対的な尊崇《そんそう》はだいぶ承知していたので、そんな答えだろうとしか思わなかった。

「そのうえで敢えて私の意見を申し上げるのでございましたら、外国の作法や風俗にかんしてであれば、妃奈子さんの意見は尊重してよいと思います」

月草の答えに、涼宮は納得顔でうなずく。そうして女官達の顔をぐるりと見回す。誰も文句は言わない。貫禄と余裕のあるそのふるまいだけで、この場にいるほぼ全員を納得させている。その中でただ一人呉だけが、唇を尖らせていた。


尋問服の騒動が起きたその夜。仕事を終えて局に戻ると、部屋の隅にある畳紙《たとうがみ》に気がつく。そのとき妃奈子は、針女の千加子に手伝ってもらい袿袴を解いている最中だった。なんだろうと首を傾げていると、背後で袿を脱がせていた千加子が「ああ、それはお振袖です」と言った。袿に代えてお召の掻取《かいと》りを羽織《はお》る。こちらが高等女官の部屋着となっている。掻取りとは打掛の公家風の呼び方だが、そんなものを花嫁衣装以外で着るとは夢にも思っていなかった。採用報告を持ってきた八州子が、宮中で着る着物は下方のものとはちがうと言っていたことを、あらためて思いだす。

「振袖？」

「はい。富貴《ふき》さんが持ってきてくれました」

富貴というのは月草の老女である。

「振袖って、千加さんの？」

妃奈子が脱いだ袿を衣桁《いこう》にかけていた千加は手をとめる。

「まさか。こちらは旦那さんのために準備したものです。明日の観菊会用です」

「ああ」

千加が旦那さんと呼ぶ相手は、いまは妃奈子である。だが自分は観菊会に出席する予定はないので、月草のことを指しているのだと思った。しかし観菊会に着用するのなら、早々に渡さなければ明日が慌ただしいことになってしまう。

「だったら内侍さんのところに、早く持って行って差し上げたほうが」

「いえ、ですから旦那さんのためのものです」

「……え、私のこと？」

「はい。明日の観菊会に陪従なさるのでしょう。富貴さんはそう言っていましたよ」

妃奈子は驚きのあまり、言葉も出なかった。

そんな話は聞いていないと反論しかけたが、この様子では千加子も事情は知らなそうだ。まずは月草に話を聞かねばと、掻取りの裾をひるがえして彼女の部屋を訪ねる。妃奈子より少し遅れて戻ってきた月草は、まだワンピースを着ていた。まずは千加子の説明の真偽を問うと、月草は悪びれたふうもなく肯定した。

「なぜ私のような御雇が、そのように重要な場所に？」

「しかたがないでしょう。奥の中で胸を張って振袖を着られる年頃の女官はあなたしかいないのだから」

「……はい？」

意味がまったく分からない。もちろん振袖を着用するのに適した年頃というのは分かるが、それと観菊会の陪従はまったく関係がない。

「ま、それは冗談だけど……」

にこりともせずにそんなことを言われても、かえって混乱するだけである。そもそも聞いた側に戸惑いが残るようでは、冗談としてあまりうまくない。

月草曰く、帝の陪従女官が一人では、藪蘭の負担が多くなる。誰かもう一人と考えたとき、外国人に慣れている妃奈子の名があがったのだという。

「ですが、内侍さん達のほうが地位的にはふさわしいのでは？」

妃奈子の問いに、月草は「う～ん」と低くうなった。

「実のことを言えば、大方の女官は外国人が苦手なのよ。京都の公家出身者がほとんどだからね。幼少時に攘夷《じょうい》の気風を目の当たりにして育った方もいるし、本人がその時代に生まれていなくても、親の影響があったりしてね……」

攘夷とは、外国人を排斥しようという幕末期に広まった思想である。

想像もしない理由だったが、指摘されてみれば納得できる。何度も陪従を務める藪蘭はさすがに慣れているとのことだが、本音を言えば彼女も外国人とは積極的にかかわりたいとは思っていないそうだ。

ずいぶんと閉鎖的なと思いはするが、実は御内儀の女官はそれでも差しつかえはない。なぜなら御内儀に外国人は入ってこないからだ。彼らと接するのは、表の侍従職の仕事である。御内儀とは文字通り、内に籠《こ》もっていればすむ場所なのである——本来は。

「それは、月草の内侍さんもですか？」

「……そうね。正直に言えば、ちょっと緊張するわね」

素直に月草は認めたが、彼女にも弱みがあることに驚いた。

ともかく事情は分かった。勝手が分からぬゆえの不安はあるし、せめて二日前には教えて欲しかったという不満はあるが、依頼そのものはけして嫌ではなかった。外国人の間で立ち回るなど、妃奈子にとってむしろ楽しみでさえある。よし、やってやろうと意気込んだあと、よい機会だと思いきって口を開く。

「月草の内侍さん」

「なに？」

「私がこちらに採用された理由は、そういうところにもあるのですか？」

月草は軽く目を瞬かせたあと、あっさりとうなずいた。ここぞとばかりに妃奈子は、かねてよりの疑問に踏み込む。

「以前、摂政宮様にもご推挙をいただいたとお話ししておられましたよね」

「そうよ。だって私達のような旧態依然とした女達ばかりに囲まれていては、お若い御上の将来に良い影響があるはずはないでしょう」

さらりと月草は言ったが、妃奈子はどう答えて良いのか分からなかった。取りようによっては、涼宮が女官達に不満を抱いているとも聞こえる。

「……月草の内侍さんは、有職《ゆうそく》で合理的で、新旧にも通じた方だと思いますが」

「ちがうわ。私個人は新しいことをやろうとも、学ぼうとも思っていない。日進月歩の変化についていくのは煩わしい。年を取った人達はなおさらだと思うわ。不自由がなければこのままでいいし、それが便利であれば受け入れるというだけのことだわ。やっぱり水道は便利よ。疫病《えきびょう》の心配も低いし、針女達もいまさら井戸まで水を汲みになんていけないでしょ」

分かったような分からぬような喩えだが、その中にも月草の合理精神は表れていた。

「けれどお若い御上がその環境に浸《つ》かりきってはならないと、宮さまはお考えなの。そこにかんしては藪蘭の典侍さんも同意しておられるわ」

配下の者をあれだけ気遣う涼宮が、そこまで率直に言ったのかどうか疑問は残る。あるいはもう少し婉曲《えんきょく》な言い方をしたのではと思うのだが、月草は彼女らしい鋭敏さで涼宮の真意を汲み取り、彼女らしい率直な言葉で藪蘭や妃奈子に伝えたのではないか。

諸外国と対等にむきあうには、若い帝には新しい価値観への知見を得ていただかねばならない。そのためには御内儀で女官に囲まれた環境はよろしくない。さりとて旧習をすべて否定しては、脈々と培われた伝統を守ることができない。

そのために帝には、新旧への取捨選択の知見が求められる。

天子は旧態依然としていてはならぬが、だからといってやみくもに革命的、進歩的であればよいというわけでもない。

──そういうことなのだ。

この旧弊に囲まれた御内儀で、涼宮が妃奈子に求めているものとその加減が、なんとなくつかめてきた気がした。

言質を求めるような顔をする妃奈子に、月草はさらりと言った。

「だから私は、あなたの動きを阻もうとする人達からあなたをかばうわ。それが宮様のご意向だからね」

十一月の観菊会は、四月の観桜会とともに新政府になってからはじまった帝主催の昼の園遊会で、宮城より少し離れた場所に建つ迎賓館で催される。来賓は海外からの使臣が中心だが、皇族や華族も招かれる。涼宮が口にしていた紋付による負担軽減は、後者に対する配慮だった。

春の観桜会までは、年少の帝の負担を考慮して涼宮の主催で執り行われていた。しかし今回の観菊会からは帝の主催となり、これが実質的な彼の外交デビューとなる。

そのため宮内省は、例年以上に大わらわになっていたという噂である。妃奈子も夜勤の日など、庭越しに見た宮内省の建物に深夜にもかかわらず灯《とも》るこうこうとした窓の明かりをしばしば目にしていた。大変そうだな、純哉もあの中で懸命に働いているのだろうかと考えたあと、頬が熱くなるのを自覚して自分の気持ちを持て余したりもしていた。

いずれにしろあのときまで、観菊会はあくまでも他人事だった。

しかしいま妃奈子は、会場である迎賓館の御苑に立っている。しかも藪蘭典侍という女官の首席と並んで、帝の傍らに控えている。

洗朱色《あらいしゅいろ》の振袖は紋付で、菊と紅葉の柄が友禅で描かれた格式のある意匠。その古風な着物とは対照的に、髪は当世風の耳隠しに結っている。うなじのあたりで束ねた髷の横に、菊を模《かたど》った羽二重の花簪《はなかんざし》をかざっている。

着付けも結髪も、千加子ともう一人別の針女が整えてくれた。彼女達は儀式のときの大すべらかしも扱えるというのだから、髪結いでも身をたてていけそうな技術である。

参加者の多くは外国人だから、女性はほとんどが尋問服だった。スカート丈はやはり踝あたりが一番多かったが、若い婦人の中には膝丈の者もわりといた。色はそれぞれに鮮やかで、素材も繻子《しゅす》、絹モスリン、天鵞絨、タフタ等種々様々で個性的だ。

対して日本の婦人は藪蘭も含めてほとんどが洋装だが、スカート丈はみな長い。中には袿袴を着ている者もいたが、いずれもかなりの年配者ばかりだった。あれぐらいの世代にとって洋服は着慣れておらずに落ちつかないのかもしれない。

公認されたという紋付は誰もいなかったので、妃奈子の装いに日本の婦人達は驚いたかもしれない。宮中女官が身にまとうことで、無理をして洋装や袿袴を準備せずとも手持ちの紋付で十分だと知らしめられたのなら成功だ。

そんな中で、やはり涼宮の着こなしは人々の目を惹いていた。詰襟の制服姿の帝の横に立ち、ともに来賓の挨拶を受けている。スカートの裾からすっと伸びる形のよい脚は、黒の絹糸で縦方向に蔓草《つるくさ》模様を刺繍した象牙色のストッキングに包まれている。黒の繻子張りのハイヒール。円筒形の帽子が断髪によく似合い、洋服を着慣れているはずの使臣の御夫人方も、その装いには称賛の眼差しをむける。

（摂政宮様というより、佐々岡さんのセンスだけどね）

内心で苦笑が漏れるのを抑えつつ、妃奈子は二人の少し後ろで控えていた。涼宮と帝の間近には、藪蘭ではなく侍従長が立っている。年の頃は五十代半ばほどの品の良い男性だった。そこからさらに少し離れた場所に、まるで彼らを見守るようにモーニング姿の純哉が立っていた。二人は互いの存在に気づき、しかし状況が状況だけに駆け寄って話をすることもできずに、ただただがいに目配せしあう。

——あとで少しでも、お話ができる時間があればよいのだけど。

そんな願望を抱きつつ、通りゆく来賓達を見送っていたときだった。

「妃奈子」

妙なアクセントで名前を呼ばれ、あたりを見回す。涼宮と帝の前を通り過ぎた来賓の中に、エドワードがいた。消し炭色のブレザーは、外国人学校の制服である。左胸のポケットには校章を模したエンブレムがついている。

「エドワード!?」

とつぜんのことに妃奈子は目をぱちくりさせた。彼の後ろから、西洋人の男女が歩み寄ってきた。秋らしい色合いのテーラードスーツを着た婦人は、エドワードの母親のジョリス夫人。そうなると横に立つモーニング姿の男性は——。

『はじめまして、エドワードの父です』

非の打ちどころのないキングズイングリッシュは、さすが英国領事というべきか。もちろん事情は聞いているのだろう。彼は妻子が世話となったことの礼を述べた。

『お世話をしたのは、私一人ではありません。御子息に先にお声がけをしたのは、あちらにおいでの高辻さんです』

そう言って妃奈子は、純哉を手で指し示した。最初、純哉はエドワードにもジョリス夫人にも気づかなかったようだ。だが妃奈子の対応を見て、はっとしたように口許に手を当てる。

歩み寄ろうとしたジョリス領事を仕草《しぐさ》で制し、純哉がこちらにやってきた。勤務中かもしれないが、こうなれば仕事も同然である。

「こんにちは、はじめまして」

領事に対して純哉は、まず日本語で挨拶をした。道理である。相手がどこの国の人間であろうと、日本滞在の領事であれば挨拶ぐらいの日本語は知っているだろう。知らなければ滞在国に対してちょっと失礼だ。

ジョリス領事は微笑みを浮かべ「こんにちは」と日本語で返した。

そのあと時々妃奈子の通訳を要しながら、五人は英語でやりとりを交わした。もっともそれはごく短い時間で、ジョリス親子は他の来賓を追いかけるようにして庭園のほうに進んでいった。

彼らを見送ったあと、妃奈子は苦笑交じりに言った。

「まさか、こんなところで再会を果たすとは……」

「英国領事の妻子ということは聞いていたはずですが、いまお会いするまで再会の可能性はまったく考えていませんでした」

「私もです」

二人は声をたてて笑った。

やがて自然と笑いが途切れたあと、おもむろに純哉が尋ねた。

「その着物は、四月にお会いしたときに着ておられたものですか？」

「いいえ。あれは桜模様なので、この時季にはあまりふさわしくありませんから。私の上役の内侍さんが、高師宮《たかつかさのみや》妃さまからお借りしてくださったのです」

貸主を聞いたときはびっくりしたが、格調が高いのも納得である。

月草の説明では、妃が嫁入りのさいに誂えた振袖で、将来的に袖を裁ち落として色留袖《いろとめそで》として使うつもりでいたのだが、袂《たもと》の友禅描きの美しさに未練が残ってけっきょくできずじまいとなった。幸い女児が生まれたので、将来的にその娘に譲るつもりで保管していたということだった。

「そうですか。ですが妃奈子さんのために誂えたように、よくお似合いですよ」

率直すぎて世辞に聞こえなくもないが、物言いが朗らかなので気まずくはならない。少し照れつつも妃奈子は「ありがとうございます」と素直に礼を述べた。

「島田もお似合いでしたが、その髪型のほうがよりお似合いかもしれない」

「頭が楽です」

耳元を手で押さえつつ、妃奈子は微笑んだ。二回しか結っていないが、日本髪は本当に重い。人によっては頭痛を起こすというのも合点がいく。その点では耳隠しはずいぶんと楽な髪型だった。

「ところでお気づきでしたか？」

純哉が声をひそめた。

「先程のジョリス領事との流暢な英会話。来賓はもちろんですが、女官長と侍従長も感心して眺めておられましたよ」

「……本当ですか？」

まったく気づかなかった。あの藪蘭が感心していただなんて想像できない。語学に堪能だと触れ込みはしたが、いかんせん御内儀では外国人と接したことがなかったので、どれほどのものなのか疑念もあったのだろう。

今日のことで藪蘭が妃奈子の能力を認めてくれたのなら、それは誇らしい。面映ゆさはあるが前向きな気持ちで応じる。

「今後もお役にたてると良いのですが」

「それはきっと――」

純哉が言い終わらないうち、むこうから藪蘭に呼ばれた。妃奈子は断りを入れ、おしゃべりが長すぎたかと懸念しつつ藪蘭に近づく。しかし藪蘭はその件には触れず、帝の観覧に付きそうように命じた。

「私がですか？」

表での供奉《ぐぶ》は侍従の仕事だ。まして女官の中でも見習いの立場にある自分が帝に付き従うなど異例すぎる。

「もちろん侍従は付きますよ」

妃奈子の疑問を察したように、藪蘭は言った。

だったら別に女官が付く必要はと思ったが、藪蘭は理由を説明した。

「御上は英国領事のご子息とお話がしてみたいとのことです。同じ年頃の外国人と接する機会など滅多《めった》にありませんから、摂政宮様もそれはよかろうと賛同なさいました。あなたはお二人の通訳を務めなさい」

小春日和の庭園には、庭師達が創意工夫を凝らして造りあげた赤、白、黄、薄紫、薄紅等々の彩豊かな菊花壇が、順路に添って建てられた木や竹で造られた上屋《うわや》と呼ばれる小屋の中に展示されていた。

鉢から流れ落ちるように、船首の形に小菊を咲かせたものは、懸崖《けんがい》作りと呼ばれる盆栽の手法である。数えきれぬほどの無数の花は、すべて一株の菊から分かれたものだ。

半円形の千輪作りは、直径が大人が両手を広げてもさらに上回る巨大な作品で、まるで円墳のようだった。こちらもひとつの株から咲かせたものである。

伊勢《いせ》菊、丁子《ちょうじ》菊、嵯峨《さが》菊等の古典菊。赤子の頭ほどはありそうな、丸い大きな花を咲かせる大菊の鉢植えが、それぞれ趣向を凝らした上屋の中に陳列されている。来賓達は各々の上屋の前で足を止め、それぞれの菊花に観入っていた。

帝はエドワードと横並びになって、遊歩道を歩いていた。妃奈子は侍従長とともに後ろについて、彼らの通訳をうけおう。

「女官に、このような役目をうけおってもらって申し訳がない」

などと気遣うように侍従長は言ったが、彼自身も釈然としていないようだ。それはそうだろう。宮内省にはれっきとした通弁がいる。その彼らをさしおいて、女官見習いの十八歳の小娘を指名した涼宮の意図を図りかねているのだろう。

『海棠は領事のご子息と面識があるのだろう。それなら適任だ。そもそも牧《まき》や坂東《ばんどう》のような無骨な男が相手では、ご子息がひるんでしまって言いたいことも言えなくなってしまうではないか』

というのが涼宮の言い分だった。牧、坂東は通弁の名前である。

あるいは侍従長からすれば、ひるんでもらったほうが安心なのかもしれない。日本の文化に疎い、しかもまだ年若い外国人が帝になにか不遜なことを言いはしないかと危惧《きぐ》しても不思議ではない。

しかし妃奈子は、だからこそ涼宮は自分を指名したのではないかと考えた。

少々の無礼があったところで、見聞を広げてもらうほうが若い帝には有用である。しかし用心深い通弁を介してしまっては、二人の少年の自由なやりとりを阻んでしまうかもしれなかった。

先を進む二人の少年は、ひときわ大きな千輪作りの前で足を止めた。純白の菊を咲かせた花壇は、今回の展示の中の白眉《はくび》である。

『これは本当に見事ですね』

「内苑寮《ないえんりょう》の職人が、何年もかけて栽培した逸品《いっぴん》だ」

どうなるものかと懸念したが、ここまで二人はあんがいに盛り上がっている。ともに相手の母国語にまったく知識がないわけではないようで、妃奈子の通訳を得る前に自分なりに相手の意向を理解しようとする姿勢が、互いの好感につながっているようでもある。

『陛下がお住まいの宮殿も、このように見事な庭なのですか？』

「まさか、宮殿は普通の庭だよ。職人が丹精を込めて手入れをしていることは同じだけどね」

語意を伝えることは容易《たやす》いが、口調には気を使う。

初対面の出来事から幼い印象のエドワードだったが、良家の子息だけあって言葉遣いはとても丁寧だった。同じ年頃の異国の君主に対して、無礼なふるまいはひとつもない。

いっぽうで帝は、言葉だけを聞けばどうしても尊大な表現にはなる。けれど彼がかもしだす気品や口調から、聞く者は嫌な印象はけして受けないだろう。そんな両者が持つ空気をうまく相手に伝えるために、妃奈子は色々と気を使った。

外交問題につながるほど大袈裟なものでなくとも、さりとて道案内のように気軽にはできない。はらはらと気をもむ妃奈子の前で、少年達の話題は、いつのまにかがらりと変わったものになっていた。

『日本のレストランはどこも美味しいですよ。母様に言わせれば、洋食も倫敦の店よりおいしいって』

「さすがにそのようなはずは……御母堂がわが国に気を使ってくれているのでは?」

『僕に言ったのだから本当ですよ。日本にきて四ポンドも太ったと嘆いていました』

妃奈子の通訳を介してのやりとりで、二人の少年は声をあげて笑った。こういう会話ならば気楽である。

『日本の女の人は華奢で小柄なので、自分が大女になった気がするそうです。まるでガリバーのような気持ちだと』

「日本の女でも、びっくりするほど太っている者はいるぞ」

帝の悪戯《いたずら》めいた口調まで伝えることはできなかったが、エドワードは気配を察したようだった。

『相撲取《すもうと》りのような？』

「ああ、横綱だ」

そこで二人は腹を抱えて笑いあう。その姿は少年達らしいものだった。

妃奈子の通訳を通してやりとりを聞いていた侍従長も、エドワードの節度をわきまえたユーモアにだいぶ警戒を解いたようだった。

「それにしてもジョリス領事はずいぶんと背が高かった。エドワード、あなたも将来は父親ほどに伸びるのだろうか？」

『どうでしょう。ですが列車や劇場の椅子が小さくて、父はずいぶんと窮屈そうです。あれを見ていると身体が大きいのも大変かなと思います。陛下のご両親はいかがでしたでしょうか？』

「私は子供だったのでよく覚えぬが、父帝は人より大きかったそうだ。母は……だいぶ小柄かな」

母と言ったとき、帝は一瞬口ごもった。帝の表向きの母親は先の皇后宮で、いまは涼宮である。皇后宮は分からぬが、涼宮が小柄でないことは一目瞭然《いちもくりょうぜん》だ。すらりとしているが西洋人並みに背が高い。対して白藤は華奢で小柄な人である。

日本語が分からぬエドワードは、ここで生じた間のタイミングも理解できない。侍従長は不自然に無表情を貫く。作為のしようがないので素直に帝の言葉を英語で伝えると、エドワードは怪訝な顔をした。彼の脳裡には涼宮の姿が浮かんでいるのかもしれない。その件にかんしてエドワードは別になにも言わなかった。けれど、帝が自分から口を開いた。

「小柄なのは私の生母だ。先日会ったばかりだが、上背は私よりも低かった」

なぜ帝が「私の生母だ」のあとの言葉をつづけたのか、妃奈子には分からなかった。そこで切っておけば、公の母と産みの母が別人という、西洋では反道徳的《インモラル》とされる実態を匂《にお》わせずにすむのに。

帝の言葉をそのままエドワードに伝えてよいものか、妃奈子は悩んだ。けれど見習い女官の立場で帝の発言を操作するなど僭越《せんえつ》が過ぎる。ちらりと侍従長のほうを見ると、彼は苦々しい表情を浮かべてはいるが、妃奈子になにか指図する気配はない。そもそもいくら侍従長でも、帝本人を前に発言を歪《ゆが》めて伝えろなどと言えるわけがなかった。

あるいは牧氏や坂東氏であれば、侍従長の意図を汲んで臨機応変に対処したのかもしれない。けれどそれでよいのなら、涼宮は妃奈子を指名しなかったはずだ。

しばしの戸惑いのあと、妃奈子は正直に帝の言葉を伝えた。なにも引かず、なにも足さなかった。あんのじょうエドワードは不審の色を濃くした。ただそれは軽蔑《けいべつ》や嫌悪などではなく、単純に意味が分からないという反応に受け取れた。

彼はしばし首を傾げたあと、帝ではなく妃奈子に訊いた。

『複婚《ポリガミー》?』

『それは、どう説明したらよいのか……』

妃奈子は言葉を濁した。アジア圏では一夫多妻、もしくは一夫一妻多妾は今でも珍しくない。だからといって欧州にいた鼻持ちならない同級生のように、文化的、文明的にどうこうと非難するつもりはなかった。

西洋社会が一夫一妻制なのは、男女が互いに誠実だからではなく、宗教的に結婚が神聖視されているからだ。それが証拠に近世の王室では公式愛妾《あいしょう》というわけの分からぬ制度が存在していた。もちろん当世では廃止されているが、彼女達が産んだ子供は社会的に認められることはなかった。

血脈をつなぐための側室制度を、色欲で愛妾を囲った君主と同列に説明するのはちがうだろうし、その点では弁明をせねばと思う。しかし一方で、ただ世継ぎを産ませるためだけに若い女性を傍に上がらせ、それが済めばお役御免とばかりに母親としての地位さえ認めないというやり方は公式愛妾より非人道的にも思える。京の御所でも江戸の大奥でも、生母は母親として本来は尊重されていた存在なのに、半端《はんぱ》に西洋の価値観を取り入れたことで白藤のような立場の女性を生んでしまった。

そこに同性として複雑な感情はあるが、だからといって説明という形をとって声高に批判するつもりも弁明するつもりもない。妃奈子はその立場にないし、訴える相手としてエドワードはまったく見当違いである。

言葉に迷う妃奈子に、エドワードはなにかを感じ取ったのだろう。彼はやにわに、わざとらしいほどに声をはずませた。

『あの花もきれいですね』

彼が指さしたひとつ先の上屋には、色取り取りの大菊の鉢植えが展示されていた。

この短い言葉は、帝も直接理解したようだった。帝は表情を和らげ、まるで弟に対するように親し気に言った。

「本当だ。見に行こう」

エドワードはほっとした顔でうなずいた。それでもちょっと辟易したのか、先程より少し遠慮がちに視線をそらしている。異国の少年に気を遣わせたことを、妃奈子は申し訳なく思った。

「余計な気を遣わせて、すまなかった」

ぽつりと帝は言った。最初はエドワードに対しての言葉だと思ったが、彼の視線は妃奈子にむけられている。

「いえ……」

「ありがとう。私の言葉を、彼に正直に伝えてくれたようだな」

「御上。なぜ、あのようなお言葉を」

妃奈子の返答をさえぎり、侍従長が口を挟む。明確に咎める口調だった。

帝は虫をはらうように、つんと首を揺らした。

「本当のことだ。綾小路《あやのこうじ》、表にいるお前は知らないかもしれぬが、いつのまにか私は権典侍よりも背が高くなっていた」

「そのようなお年頃でございます」

侍従長はいったん神妙に応じたのち、あらためて諫《いさ》める。

「権典侍のことを口になされては、外国の者達は混乱なさいます」

侍従長の思惑はだいたい分かる。人前で白藤の話題を出してはならない。いかに公然の事実であろうと、帝の母親はあくまでも先の皇后宮、そして義母は涼宮である。まして西洋人相手に君主が側室から生まれたことを伝えるのは、近代国家としての体裁が非常に悪い。

帝は眉を寄せ、侍従長を見据えた。機転を利かせたのか、たんに辟易したのかは分からぬが、エドワードは完全に素知らぬ顔で数歩先を進んでしまっている。帝は侍従長と話している最中だから、別に無礼には当たらない。

主君のきつい眼差しにひるまず、侍従長は答えた。

「西洋社会では一夫一妻制が根付いており、いかなる王侯であっても側室という存在は認められておりません。配偶者以外の異性と関係を持つことは、神に背く行為とされているのです」

「生母を使用人として仕えさせることは、孝にもとるであろう」

「…………」

「それこそ、人倫にもとる行為ではないのか？」

帝の指摘が正論過ぎて、侍従長は反論できない。修身の授業では忠孝の大切さを説きながらのこの矛盾に、若い帝が嫌悪を覚えても不思議ではないのだ。

言葉を探すようにしばしの間を置いたのち、侍従長は苦《くる》し紛《まぎ》れに告げる。

「御上の側にお仕えすることは、権典侍たってのご希望でございます」

「知っている」

帝は言った。妃奈子には初耳だった。先帝に仕えた他の二人のお妃女官は、主君の崩御に伴って宮城を出た。しかし白藤だけは留まった。そこに彼女のわが子に対する愛情や執着があることは想像に難くない。しかしその結果として、母が子に仕えるという孝にもとる形となってしまった。

蓄妾率《ちくしょうりつ》が高い世では、珍しい話でもない。特に華族は後継の男子が得られなければ爵位返上の憂き目にあうのだから、妾を持つことを頭から非難するのは酷かもしれない。けれど幼少の頃より帝王学を学び、修養を学んでいる最中の少年にとって、その矛盾は容認しがたいものなのかもしれない。

いつしか妃奈子の帝にむける眼差しが、痛ましげなものになる。

帝はぐっと唇を結び、かなたを見上げる。晩秋の清く澄んだ空が、木立の間に広がっている。やがて帝は大きく息をつき、ぽつりと漏らした。

「ただ私は、白藤の顔を見るのがつらいのだ」

第三話

観菊会から二日後の昼下がり。妃奈子は空腹を抱えながら食堂の戸を開いた。

出勤中の食事は交代で食堂に行くことになっていたが、見習いはどうしても先輩達の都合で時間をずらされる。その日の順番がきたのは十四時を少し回った頃だった。

食堂に入ってきた妃奈子を見て、奥にいた鈴が食膳を運んできた。

女官の食事は各自の局で準備する。出勤中は針女が、畳廊下の間近にある専用の棚まで膳を運ぶ。それを係の女孺が集めて食堂に置いておくのだった。

そうなるとあの局の食事がおいしそうだとか、あそこの針女は味付けがうまいなどの比較も出てきそうだが、いまのところ妃奈子は耳にしたことはない。月草の局では炊事は主に下女が請け負っているが、これがなかなかに料理上手な人だった。出汁《だし》の利いた薄味は上方出身の月草の舌にあわせたものなのだろう。関東生まれの妃奈子だが、物足りないと思うこともなくおいしくいただいている。

茸《きのこ》の炊《た》き込《こ》みご飯はおにぎりにしてあり、冷めてもおいしく食べられるようになっている。高野豆腐といんげんの煮物、椎茸《しいたけ》と銀杏《ぎんなん》の入ったお吸い物は鈴の手によって温め直してあった。

「お疲れ、みたいですね」

湯呑みを置くさいに鈴が言ったので、妃奈子は辟易した表情でうなずいた。

尋問服の件以降、命婦達の態度がさらによそよそしくなっていた。特に呉は月草に窘《たしな》められたのがよほど悔《くや》しかったのか、隙《すき》あらば嫌みや当てこすりを言ってくる。最年長の彼女がそういう態度だから、他の命婦達からもこれまで以上に距離を取られている。そもそも彼女達にとって妃奈子は、局の特別待遇からして癪《しゃく》に障る存在であろうから、妨害や意地悪まではしなくても敢えて親しくする必要もないのだった。

「まあ、いろいろとあったのよ」

番茶をすすりながら、自分をなだめるようにつぶやく。しんどいと言えばしんどいが、それでも家にいたときよりはましだとは思えるのがもはや笑えてしまう。

「奥の方々は気難しいですからね」

ある程度は察しているのだろう。声をひそめる鈴に思わず苦笑する。そうだ。こんなふうに愚痴を聞いてくれる相手が間近にいるだけでも、家とは確実にちがう。

それに月草の存在も大きかった。親切でも親し気でもないけれど、彼女は妃奈子をかばうと断言してくれた。エクセントリックにも賢しらにも、これで堂々とふるまえる。逆にそうしなければ価値を認められないのだと思うと開き直ることもできる。

とはいえ叶うのであれば、他の女官をこれ以上は刺激したくはない。積極的に関係を持たぬことが一番無難な手段だろうが、それはそれで良いのかという心配もある。

華族女学校では、結局誰ともかかわらずに日々を過ごした。おかげでいざこざこそなかったが、実に無味無臭な学生生活だった。

ここでもまた同じことを繰り返してしまうのだろうか？

職務さえ果たせば仕事場などそれでよいと開き直ることもできるが、小さな懸念が抜けない棘《とげ》のように引っかかっている。

なぜなら妃奈子は、もともとそういう人間ではなかったからだ。欧州の学校では人とかかわることを恐れたことなどなかった。

「ちょっと、大変よ」

甲高《かんだか》い声をあげて入ってきた二十代半ばの女孺は、妃奈子に気づいて足を止める。鈴しかいないと思って局にいるような感覚できたのだろう。彼女が新聞を手にしているのを見て、妃奈子は尋ねる。

「なにか事件があったのですか？」

妃奈子の問いに、女孺はほっとした顔をする。御雇で年若い妃奈子が、権高な他の高等女官達ほど気遣わなくて良い相手だと思いだしたのだ。

「今日の新聞ですよ」

そう言って女孺が差し出したものは、いわゆる大衆紙だった。政治経済や社会情勢よりも、著名人の動向や醜聞を扱う。作家や芸妓《げいぎ》はもちろん、政府高官の他に華族や皇族の特権階級の者達も含まれている。国民の模範たる姿勢を求められる彼らには否が応でも注目が集まり、大衆娯楽のかっこうの的にもなるのだった。

この手の新聞が、実は御内儀には頻繁に回ってくる。誰がどこから持ちこんでいるのかは分からぬが、つまるところ需要があるのだ。つんと取り澄ました高等女官達が「なんと下品な」「空気が汚れる」「目が穢《けが》れる」などとさんざんにこき下ろし、眉をひそめながらしっかり熟読している姿などなかなか滑稽だった。

もちろん帝の目にはけして触れないように気遣っている。帝のお手に渡るものは、消毒を済ませた一般紙のみである。

女嬬から手渡された紙は、質も印刷の仕上がりも一般紙に比べて粗悪だった。

紙面に目を落とした妃奈子の顔はたちまち強張った。

涼宮の写真が掲載されていた。それだけなら驚かない。美貌の摂政宮は、常に大衆の注目の的である。行啓の際に隠し撮りされた写真が掲載されるなど日常茶飯事である。

けれど今回の写真は、これまでのものとは事情がちがう。

なにかの手すりにもたれかかった涼宮の傍らに、柔らかい微笑みを浮かべた純哉が立っていた。二人は目を見合わせ、なにか語り合っているようだった。なにも情報を得ずに見たのなら、年の離れた恋人同士かと見紛ってしまうような写真である。

なにか思うより以前に、反射的に頭が熱くなる。

「あれ？　この方、宮内省の役人さんですよね？」

鈴の言葉に女嬬が答える。

「そうよ。美形だから覚えていたのよ」

「摂政宮様の侍官の方でしょう。いつも一緒にいらっしゃいますもの」

二人のやりとりに妃奈子は冷静さを取り戻した。記事に目を移すと『帝国博物館にて特別展を御視察』と記してある。摂政宮は広大な博物館の観覧中、中庭に寄ってしばらくお付きの者と歓談をしたと記されていた。

冷静に読めば、どうということもない内容だった。けれどこの写真の掲載の仕方、そしてお付きの者達ではなくお付きの者と書くところに作為を感じる。そもそも市井への行啓の付き添いが純哉一人であるはずがない。

「もちろん私達はお二方の関係は分かっているわよ。でも、この書き方ってちょっと悪意を感じない？」

まさしく妃奈子の思ったことを、女嬬が指摘する。

「え、そうですか？」

「悪意しかないわ」

首を傾げる鈴の横で、妃奈子は強い口調で断言した。不快の理由を細かい点まであげていけば、あまりにも数がありすぎるのだが、一番強く感じたものは、この主従の間に共通した崇高な願いを茶化《ちゃか》されたことへの憤りだった。

奥羽の者達に寄り添いたいとして純哉を抜擢した涼宮。その気持ちに応えたいと献身してきた純哉。その彼らの思いが、こんな形で穢されるとは業腹である。

「そうなのですね」

いつにない強い口調の妃奈子に、鈴はちょっと気圧《けお》されたようである。彼女のように受け止める人間が世の多数派であれば、この写真もなんの問題もない。残念ながら、そうであるはずがない。

「この記事は、他の方々もご覧になられたの？」

妃奈子の問いに、女嬬はうなずく。

「侍従が何枚か持ち込んだようです。詰め所で命婦の方々が回し読みをしていました」

なるほど。通いの彼らであれば、こんなものは持ち込み放題だ。おそらくだが命婦を通じて内侍、あるいは藪蘭にまで伝わるだろう。

涼宮とその侍官の間でいかなる騒ぎが起きようと、御内儀の女官にはまったく関係がないことだった。だからこそそんな呑気《のんき》なことができるのだろう。

いまごろ宮内省の役人達は、渋面で対応を協議しているにちがいない。それを考えると妃奈子は心配になる。こんな理不尽な理由で純哉が咎められるようなことになりはしないだろうか？　咎められたところで、彼に非はまったくない。しかし体裁を気にする宮内省としては捨て置くことはできないだろう。

こんなことが理由で純哉が侍官を外されるようなことになったら、故郷の名誉回復という彼の志は水泡に帰してしまう。想像するだけで胸が痛む。どうぞそのようなことになりませぬようにと、妃奈子は強く願った。

日も暮れた頃、帝が学校からお帰りになった。

直接的なお世話は内侍達が中心なので、普段であれば命婦がばたつくようなことはないのだが、その日はちょっとちがっていた。

どうやら例の記事が帝のお目にとまったらしい。おそらくだが学校で、御学友以外の生徒が持ち込んだものを、なんらかのはずみで目にしたらしい。宮内省の役人が選んだ品行方正な生徒達がそんな真似をするはずはない。

「御気色が、甚だしくお悪いとのことや」

「藪蘭のすけさんが、懸命に御慰めしてはるそうやけど」

ひそひそ話とも言えぬほどのはっきりした声でのやりとりをよそに、妃奈子は配膳室に入った。そこで例によって毒見を済ませた菓子を手に、御常御殿にむかう。お帰りになった帝に差し上げるものである。

畳廊下を回って御座所の前に出ると、いつになく苛立《いらだ》ちをにじませた帝の声が聞こえてきた。妃奈子は障子の陰に膝をつく。盗み聞きなど品がないと分かっているが、どうしたって聞き耳をたててしまう。

「外のことを知らぬお前の説明はいらぬ。宮内大臣を呼べ」

いきなり宮内大臣かと妃奈子は驚く。まずは侍従長だろうがと思ったが、考えてみれば彼は帝の周辺は対応しても、涼宮にかんしては基本的にかかわらない。侍従は帝と皇后宮に仕える職で、涼宮の周辺を請け負うのは宮内省内局の宗秩寮《そうちつりょう》だ。その点で宮内大臣を指名するのは的外れではない。

「ただいま宗秩寮のほうで詳細を調べております。説明は、そちらが分かってからお聞きになるほうがよろしいかと」

藪蘭の声が聞こえた。いつもの冷静な物言いの中にも、子供をなだめすかすような柔らかさがあった。確かに帝の口調は、いつもとちがってかなり感情的だった。思春期の少年らしいと言えばそれらしい。

妃奈子は菓子を持ったまま立ち尽くしていた。声をかけるタイミングを探るよりも、会話の行く末が気になってしかたがない。こんな理由で帝が純哉に不快な感情を持ったとしたら、それはまったく理不尽でしかない。

「そのような猶予はない。直宮でもある義母上にこのように醜聞がまつわるなど、いっときでも耐えがたい」

「記事には具体的なことはなにひとつ書かれておりません。醜聞とするのは、受け止める側の思いこみでございます」

藪蘭の指摘は真っ当だが、残念ながら大衆は面白おかしいほうに思いこむ。鈴のように良い意味での単純な人間はごく少数派である。

――それにしても。

妃奈子は不審を抱く。帝のこの荒れようはいかがなものか？ 感情的になるのは十三歳の少年と考えれば不思議ではないが、常のふるまいとの落差に驚いてしまう。

「ひとまずその侍官を、職務から外すように大臣に申しつけよ。査問はそのあとだ」

怒りもあらわな帝の発言に、妃奈子はびくりと身を揺らす。

いくらなんでも無体が過ぎる。侍官としてとうぜんの行動を、悪意のある切り抜きをして面白おかしく人目にさらす。それをあさはかに誤解する者達のために、なにもしていない者が身を慎《つつし》むことを強要されるだなんて――純哉と涼宮の気高い志が、こんな下劣な横槍《よこやり》で打《う》ち砕《くだ》かれるなど看過できない。

「失礼いたします」

妃奈子は声をあげた。不意をつかれた形になったのか、御座所から返事はない。かまわず障子の陰からいざりでて、深々と頭を下げる。伏せた視線の先には、塵《ちり》ひとつない敷居が横たわっている。

「……なんですか、いきなり」

一拍置いて、呆れたように藪蘭が言った。力の抜けた声に、妃奈子はそろそろと顔をあげた。オーク材の机を挟んだ先に帝が座り、手前に藪蘭が立っていた。二人とも拍子抜けした顔をしている。障子越しに伝わっていた、張り詰めた空気がいくらか緩んでいる。

「お許しください。お菓子をお持ちいたしました。何度かお声がけをいたしましたが、お気づきではないようでしたので、こちらまで出てまいりました」

嘘《うそ》である。声掛けなど一度もしていない。そもそもできる空気ではなかった。よほど気の利かぬ者でもないかぎり、容易ならぬ気配を察して出直すだろう。けれど妃奈子は気の利かぬふりを装って前に出た。

「ああそういうことでしたか。手間をかけましたね」

普段なら叱責《しっせき》の対象になりそうな妃奈子の不作法に、藪蘭は穏やかに言った。頭に血がのぼった帝をなだめるのにだいぶ苦労していたから、妃奈子の空気を読まない行動で緊張が和らいだことにほっとしているのだろう。

それなのに、自分はなぜこんなことを言おうとしているのか？　そんなことすら冷静に判断できないほど、妃奈子は必死だった。

「高辻さんを咎めることは、摂政宮様のご意向に背くことになります」

藪蘭はもちろん、帝もつかの間、ぽかんとなった。

「海棠さん、あなたはなにを——」

「お許しください。ですが万が一にも御上が摂政宮様の高志を踏みにじるようなことがあってはならぬと、懸念したものですから」

さすがに声を険《けわ》しくした藪蘭に、妃奈子は臆《おく》することなく答えた。このときのことをあとから考えてみれば、いつ解雇になるか分からぬ御雇の立場で、本当に大胆な真似をしたものだと思う。まして月草の庇護《ひご》に背中を押されたわけでもなかった。そもそもいくら彼女でも、帝を怒らせてしまったのならとりなしは難しいだろう。

それでも言わずにはいられなかった。欧州の学校で、アジア人に対する偏見をあからさまにする同級生に敢然と立ち向かったときがこんな気持ちだった。

妃奈子を見下ろす帝の頬に朱が走った。

「お前になにが分かる」

「高辻さんを採用した摂政宮様のご意向であれば、あらましは存じております」

帝の厳しい物言いにも、妃奈子は微塵もひるまなかった。毅然《きぜん》と顔をあげ、目をそらさない。帝は不快気な表情で妃奈子をにらみつけていたが、やがてなにか諦めたように視線をそらした。

勝ったのかもしれない——不遜ながら思った。

少年帝が稀《まれ》に見るほど賢明な人物であることは分かっていた。若年ゆえに感情的になることはあっても、その勢いのまま配下を叱責するような真似はけしてしない。

あんのじょう帝はひとつ息をつくと、まだ強張りを残した声で尋ねた。

「なぜ、お前がそんなことを知っている？」

「高辻さん本人から伺いました」

「本人？」

「はい。未だに逆賊と謗《そし》られる奥羽の者達への思いから、摂政宮様は自分を引き上げてくださったのだと」

「奥羽……」

帝はぼんやりとつぶやいた。知識としては知っていても、年齢を考えればすぐにはぴんとはこないだろう。考えを巡らせるように間を置く帝を、妃奈子は祈るような思いで見つめる。傍らに立つ藪蘭は、困惑した面持ちで二人に目をむけている。

「海棠の言う通りです」

鷹揚とした声とともに、やってきたのは涼宮だった。黒白の羊毛を織りあげたツイード地のテーラードスーツを着ている。後ろにはワンピース姿の月草がついてきている。

涼宮は足早に御前に出ると、その場で一礼する。

「謁見の許可も得ない非礼をお許しください。けれどこのままでは宗秩寮の連中が、高辻を馘首《かくしゅ》しかねない状況ですので」

すでにそんな騒ぎになっていたのかと、妃奈子は驚いた。しかしどういう理由で純哉を馘首するつもりなのだろう。よく調べもしないまま、騒ぎを大きくしたくないから先に芽を摘むということであれば事なかれが過ぎる——やりそうだけれど。

不安げな顔をする妃奈子に、涼宮はからかうような笑みを見せる。

「心配するな。そんな理不尽な真似をすれば、退官後、新聞に暴露記事をどんどん投稿されるぞと脅しておいた」

「——高辻さんはそんなことはしないと思いますが」

「理不尽な処遇には、それぐらいのことをしてでも戦うべきだ」

少し重みを増した口調に、妃奈子ははっとする。

帝は気まずげに涼宮から目をそらし、藪蘭に命じる。

「義母上に席を——」

「いえ、ここでけっこうです」

涼宮の拒絶に、帝の表情がますます気まずげなものになる。義母と息子、伯母と甥というより、師と弟子のようだった。

「先に申し上げておきましょう。先刻海棠が申しあげた、高辻採用にかんする私の意向はまことでございます。もっともそれを高辻が海棠に話しているとは存じませんでしたが」

「……それは、たまたまそういう機会が」

「あら、仲が良くてけっこうなことじゃない」

それまで黙っていた月草がさらりと言った。言葉だけ聞けば冷やかしか嫌みだが、口調が例のごとく淡々としていたので感情が読み取れない。いずれにしろこの場で、そんな軽口を叩ける月草の余裕がすごい。

妃奈子と月草のやりとりを聞き流し、涼宮はあらためて訴える。

「そのような信念のもとに、私はあの者を傍においております。それを非もないのに解職しては、旧佐幕派の反発がいっそう強まるやもしれませぬ」

「……非は」

帝は一瞬口籠《くちご》もった。

「非はあるでしょう。義母上の名誉を損ないかけた」

「名誉？」

涼宮は柳眉《りゅうび》を逆立《さかだ》てた。

「他の臣下も交えて立ち話をしているところを、あたかも二人きりでいるかのように切り抜いた。そんな下らない写真に惑わされて右往左往している者達のほうが、よほど私を侮辱しているのでは？」

正論だった。ここで純哉を処分すれば、世間の疑念を肯定するようなものだ。あるいは宗秩寮の役人達も、この件はともかくとして、今後への懸念からこれを機に純哉を涼宮から遠ざけようと画策していたのかもしれない。

だとしても涼宮であれば、そんな悪だくみはすでにお見通しというわけだ。見ると後ろで月草がうんうんとうなずいている。誇らしげでさえある。うちのお姫《ひい》さんほど美しく聡明な婦人はいないと、誰彼かまわず得意げな顔をしてまわる面倒くさいばあやのようになっている。

しかしこういう姿を見るにつけ、なぜ月草は涼宮ではなく帝付きの女官になったのか不思議でしかたがない。もっともそうなれば過激な忠義で、他の女官達にだいぶ迷惑をかけそうな気もするのだが。

涼宮の真っ当な言い分に、帝は叱《しか》られた子供のようにしゅんとしている。素直に反省するさまなど、平生の姿を取り戻しかけているようにも見える。しばしの沈黙のあと、胸に溜めこんでいた息を吐きだすように帝は言った。

「申し訳ありません。私が感情的になりすぎました」

自らの非を認めた甥の姿に、涼宮の表情が和らいだ。

彼女は空気を換えるよう、いつもの鷹揚とした口調で言った。

「そもそも相手が侍官でなかったとしても、不惑にもなる独り身の私が異性といたところでなんの問題があるというのでしょう。少なくとも接待と称して芸者遊びに通うような宗秩寮の役人達に咎められる筋合いなどありませんね。しかもあの者達の半分は妾を囲っているということではありませんか。それなのに私には貞女であることを求めるとは、まったくふざけた話だ。なあ、そう思わぬか、藪蘭」

「まことでございます」

とつぜん話をふられたものの、しかめ面で藪蘭は同意する。役人達が涼宮に対してどういう苦情を口にしたのか、だいたいの想像がついた。ある種の女性達の貞操をもてあそんでおきながら、ある種の女性達には貞節を求める。自身の中にこの矛盾を同居させることに、ほとんどの男性が違和感を抱いていないのが実に驚きである。

「半分?」

嫌悪をあらわにした帝の声に、その場にいた女四人の視線が集まる。ちなみにすべての役人ではなく、高官のうちの半分ぐらいという意味である。妾を囲うには、とうぜんながらある程度の資産が必要だから、属官程度ではまず無理である。

帝の同級生の中にも、そこそこの確率で妾の産んだ子息はいるだろう。なにしろ平民とちがって婿養子《むこようし》に継がせることが認められない華族は、男子の血族がいなければ爵位を返上しなければならないのだから、やっきになって男子をもうけようとする。だから華族がある程度を占める高官の蓄妾率《ちくしょうりつ》が高いのは、かならずしも好色ばかりが理由とは言えないところもある。

しかし十三歳の少年には容易に受け入れられはしないだろう。そもそもその若さでそんなことに鷹揚であるほうが嫌だし、それぐらいの潔癖さは持っていて欲しい。

そのいっぽうで帝自身が側室の御子であることを考えると、どういう気持ちで嫌悪感を露《あらわ》にしたのかが気になる。先日のエドワードとのやりとりもある。帝が自身の出生に少しでも不審を抱いているのなら、それは微塵たりとも彼の責ではないだけに痛ましい。

妃奈子も含めた三人の女官達は、あたかもたがいに思惑を探るよう視線をむけあう。だが自分達はとやかく言う立場にはない。この場でその役割を担うべき立場——涼宮が口を開いた。

「ひとつ申しあげておきたいことがあります」

藪蘭に同意を求めたときとは別人のような真面目《まじめ》な声音に、帝は不安げな眼差しをむける。

「御上が願うほど、大人は完璧な存在ではありません」

涼宮の言葉が具体的になにを指しているのか、妃奈子には思い当たる節が多すぎた。あらゆる矛盾を抱えたまま、それにむきあわず誰かに犠牲を押し付けてやり過ごそうとする事なかれの役人達。その点で言えば白藤は犠牲者だし、どうやら事無く終わりそうだが、純哉も犠牲になりかけていた。

若年者は、してはならぬことを分からずに間違いをおかす。だから過ちを教えてやればよい。けれど大人は、してはならぬことを承知したうえで敢えて間違いをおかす。世を渡るための知恵ではあるが、狡猾《こうかつ》と言えばそうである。

そのうえで大人の中には、過ちの自覚がないまま年を経た者がけっこうな割合で存在する。朝子がそうだったのだろう。けれど妃奈子は母親として彼女が正しいのだと信じていたから、彼女の期待に応えられない自分が無能なのだと思いこんでしまった。そんなことに煩わされて、無駄な時間を費やしてしまったといまならば思える。

大人であろうと、いや大人だからこそ他人を変えることは難しい。であれば彼らが正しいのか否かを自らの目で判断して、惑わされないようにせねばならない。

「そうですね」

静かに帝は答えた。

「最近、少しずつそう感じるようになりました」

「よいことです。ですが皆、御上のことを思ってはおりますから、ほどよい程度に期待をしてやり、頼るようにしてやってください」

どこか冗談めいた涼宮の物言いに、帝は照れたような表情でうなずいた。

御座所の空気がようやく和らいだところで、あらためて帝は言った。

「それで宗秩寮では、新聞社にはいかに対応するつもりなのでしょう?」

「どうにもなりませんね」

他人事のように涼宮は言った。

「多少作為的でも、記事の文面としては問題がない。処分を下したりしたら、言論統制だと非難されるだけですよ」

「では、いかようにすれば？」

「ほとぼりが冷めるのを待つしかないですね」

「そんな……」

「もしくは、私が誰かと電撃婚約をするか」

「冗談ではございません」

声をあげたのは月草だった。日頃の抑揚のなさが嘘のように、けっこう真剣に拒絶している。常からの涼宮への崇拝ぶりを考えれば不思議でもなかったのだが。

「宮様にふさわしい男など、国中を探したとているはずがございません」

「あまり持ち上げるな。たいていの男は若い女のほうが好きだから、私などさほど市場価値はないぞ」

「ですから、己の老醜ぶりもわきまえず、とにかく女は若ければよいというような品性のない男は、もとより宮様にふさわしくないのです」

容赦ないが共感できる。伊東さまのことを思い出して、妃奈子は納得した。結局彼とは面識もないままだったが、妃奈子との見合いには乗り気だったと聞いている。結果的に迷惑をかけたからこんなことを思うのも心苦しいが、わが子よりも年下の相手との縁談に躊躇しない段階で無理である。

いきりたつ月草を、涼宮はもはや取りなすこともしない。ぽかんとする帝にも、言い訳も説明もせずに冷静に言った。

「しばらく高辻は窮屈な思いをするでしょうが、我慢してもらうしかありません」

静観するというのなら、それしかない。しかし今年入省したばかりの純哉にはかなりの負担であろう。そう考えると、本当にあの記事が憎たらしい。不満から妃奈子は頰を膨らませる。

ふと視線を感じて顔をむける。するとつい先ほどまであんなに立腹していた月草が〝あれ？〟というような顔で妃奈子を見ていた。

（え、どうしたの？）

なにかついているのかと、妃奈子は頰を押さえた。もちろんなにもない。

涼宮の答えに、帝は嘆息した。

「ならば私からも綾小路を通し、宗秩寮の者に彼に配慮をするよう伝えておきましょう」

「御上のお心遣いに感謝いたします」

結局それぐらいしか術はないかと、諦め半分に妃奈子は思った。しばらくの間、純哉はやりづらいだろうが、帝が味方をしてくれるのなら少しは安心できる。

月草は二人のやりとりを端然と聞いていた。いったい先程の眼差しはなんだったのかと思ったが、気のせいと言われればそんな程度のものだったので、妃奈子は特に追及しようとは思わなかった。

帝国劇場は、新政府の肝入りで建築された西洋式演劇劇場である。取り扱う演目のレパートリーは数多く、西洋芸術はシェイクスピアのような演劇をはじめ、オペラやバレエも上演される。いっぽうで専属の役者を所属させ、歌舞伎《かぶき》等の日本の芸能も頻繁に上演している。

開場時間も間近となった車寄せには、幾台かの車が連なって順番待ちをしていた。妃奈子達が乗った車の前にも、すでに三、四台が待機している。先頭の車から、背広姿の男性と黒羽織を羽織った婦人が降りるのが見える。遠めだがいかにも上流階級の夫婦といった風情である。

後部座席で、妃奈子はしわのよったスカートをただした。

洋服を着るのは何年ぶりだろう。伯林青《べれんす》色のワンピースはしなやかな繻子織《しゅすおり》で、かっちりした黒の丸襟と、胸元には共布の黒の飾りボタンが付いている。脹脛丈のスカートは優雅なフレアラインを描いて広がっている。下げ髪に釣り鐘型の黒の帽子をかぶったときは胸がときめいた。帰国の少し前にフランスで誂えたもので、これまで日本で着る機会はなかった。御内儀ではなおさら着る機会などないだろうと思っていたが、お気に入りの服とは離れがたくて持ってきていたのだ。

それがまさかこんな形で着ることになろうとは、まったく思いもよらぬことだった。寸法があわなくなっていたところも何ヵ所かあったが、佐々岡に相談して完璧に直してもらった。

「うわ〜、なんかどきどきしてきました」

緊張に耐えかねたのか、隣に座っていた鈴が情けない声をあげた。縮緬の着物は藤色と小町鼠《こまねず》の市松模様に幾何学的な花模様を散らした可愛らしい柄で、あどけなさが残る顔立ちによく似合っている。

「帝劇ははじめて?」

妃奈子の問いに、鈴は首を横に振った。

「いえ。親と一緒に一回だけありますけど、歌舞伎だったのでもっと気楽でした」

「演目のちがいは関係ないでしょ」

助手席から言ったのは、千加子である。勿忘草色の綸子に、薔薇やカトレア等の洋花を総柄《そうがら》に配置した京型小紋が、二十代前半の女性らしい華やぎをいっそう引き立てている。

「ですが歌舞伎であれば実家近くの劇場とかで見慣れていますけど、オペラなんてはじめてですから」

「私は歌舞伎を観《み》たことがないから、そちらのほうが敷居が高い気がするけど」

「旦那さんはあちらではよく、オペラをご覧になられていたのですか？」

興味深げに千加子が問うので、妃奈子はうなずく。

「とはいってもも長いものではなく、いわゆる軽歌劇よ。だから子供でも気軽に観にいけたのよ」

オペレッタとも呼ばれる軽歌劇は、軽妙な音楽と通俗的な題材が持ち味で気軽に観にいくことができるオペラである。

藪蘭から帝劇での観劇を勧められたのは、純哉の騒動が起きた翌日のことだった。尋問服の件での褒美《ほうび》だというが、さすがに突然すぎてびっくりした。とはいえ御所入りしてからはずっと外出もできなかったので、提案そのものには心が弾んだ。付き添い役として針女と判官女官をつけて良いということだったので、鈴と千加子を誘うと、二人とも大喜びで付き合うと言った。

そうして迎えた当日が今日である。宮殿が出してくれた車で出てきたのだった。

「今日の演目はどうなんでしょう？」

「どうかしら、私もあまり詳しくはないのよ。モーツァルトの『魔笛』よね。その頃は軽歌劇自体が誕生していなかったと思うわ」

そんなことを話しているうちに、車は進んでゆく。車寄せにはきらびやかな衣装をまとった観客の他、帝劇の関係者や従者と思しき者達が大勢行き来している。

「宮内省の方が先に行って、手配をしてくれているのですよね」

ちょっと不安げに鈴が尋ねた。

「そのはずだけど、もし滞っているようだったら、来たことがある鈴さんにすべての手続きをお願いしましょうか」

からかうように千加子は言ったのだが、鈴は真に受けてぶんぶんと首を横に振った。その様子に妃奈子は声をあげて笑った。

車が停車し、ドアマンの青年が扉を開ける。千加子と鈴が先に降り、妃奈子がつづく。この人に尋ねたらよいのだろうかと、ちらりと彼を一瞥したときだった。

「妃奈子さん」

歩み寄ってきたのは純哉だった。官服では見ない、鳶色《とびいろ》の背広を着ている。

予想もしない相手の登場に、妃奈子は目を円くする。その横で千加子が平然と「宮内省の方ですか?」と尋ねる。数日前に紙面をにぎわせた人物と認識しているかどうかは不明である。

「はい。上役からお世話を命ぜられました。色々と気分も塞がるだろうから、ついでに楽しんでこいとも言ってもらいました」

苦笑交じりに純哉は言う。物言いは明るく、特別やつれた様子もない。上役が気遣ってくれたという言葉にも安心する。

「ですから本日は、みなさんのお世話をさせていただきます」

「まあ、それはよろしくお願いします」

意外ななりゆきにぽかんとする妃奈子の横で、千加子が礼儀正しく頭を下げる。さすが最年長である。鈴などは終始落ち着かない様子でいる。渦中の人物でもある純哉が、存外に平然としていることに驚いたのかもしれない。彼女自身は紙面を見たときに特に不審は抱いていなかったが、同僚の女嬬が大袈裟に騒ぎ立てた。

立ち話をしている間にも、行きかう者達がちらちらと視線をむけてゆく。エントランスは広いので出入りの邪魔になることはなさそうだが、純哉の顔が世間に知られている可能性はある。純哉も似た懸念を抱いたのだろう。なおもなにか言いかけた千加子に「ご案内いたします」と言って、やんわりと話を打ち切った。

ホールから脇の階段を上る。人気《ひとけ》のない通路を通って着いた先は、貴賓席だった。ボックス席となっており二階に位置するが、舞台正面に位置しているので観劇もしやすい。

見下ろすと、一階席はかなりの割合で埋まっていた。人々のざわつきに交じり、楽器を調整するぶぉ、ぶぉっという低い音が響いていた。管楽器のどれかであろうと考えていると、今度はきーんという弦楽器の音が聞こえてくる。舞台前に設置された、観客席より一段低い場所にオーケストラの楽団員達がいるのだった。

「きらびやかですね」

千加子が言う。この劇場がはじめてではないはずの鈴も、しきりに相槌をうっている。それはこの劇場がはじめての妃奈子も同じことだった。そんな理由で三人とも物珍しがってなかなか座ろうとしないから、純哉が苦笑交じりに着席を促した。

「私は背があるので、後ろに座りますよ」

純哉は後ろの席の背もたれをつかんだ。椅子は四つあり、二列に並んでいた。床には段差がもうけてあり、前後にも少しずらして配置してはあるが、男性の純哉に前に座られては特に鈴のような小柄な娘は観にくくなる。

それで妃奈子も言った。

「じゃあ、あなた達二人が前に座ってちょうだい」

「そんなこと⁉」

「私もだいぶん背が高いから、後ろで大丈夫よ」

遠慮する千加子と鈴をよそに、妃奈子はさっと後部席に座った。このやりとりに純哉が柔らかく微笑んだのだが、それには気づかなかった。こうなればいつまでも遠慮しているわけにもいかず、二人はゆるゆると前の席に腰を下ろす。

斜め後ろから見える彼女達の顔は輝いていた。優雅でありながら重厚なルネサンス様式の内装。きらびやかな照明。着飾った観客達と彼らのざわめき。舞台には壁のように厚みのある美しい光沢を放つ緞帳《どんちょう》が下りている。それらのすべてに興奮して観入っている。

――喜んでくれたのなら、よかった。

心から妃奈子は思った。この二人のおかげで、宮城の生活がどれほど救われたことか。立場上友人と言えないのが辛いところだが、それでもそれに近い存在で妃奈子の気持ちを満たしてくれている。

「舞台のほう、ご覧になれますか？」

二人に遠慮したのか、ひそめた声で純哉が尋ねる。妃奈子はこくりとうなずく。段差と席がうまいこと配置されていたので、後ろの席でも観覧に不自由はなかった。

「高辻さん、今回は災難でしたね」

率直な妃奈子の慰労に、純哉は少し気落ちした顔になる。

「私も油断しました。摂政宮様は、国民の注目の的である御方だというのに――」

「油断という問題ではありません。あのような卑劣な切り抜き方をされたのなら、どのみち自衛のしようがございません」

反発を露にすると、純哉は呆気に取られた顔をする。妃奈子の権幕に気圧されたのかもしれない。やがて彼はあらためて呼び掛ける。

「――妃奈子さん」

「はい？」

「摂政宮様から伺いました。この件で帝に意見をしてくださったそうですね」

「理不尽だと思ったので黙っていられなかったのです」

即答に純哉は目を見開く。かまわず妃奈子は言葉をつづける。

「記事を書く側は、けして肯定はしませんが、まあそういうお仕事なのだろうと軽蔑も無視もできます。けれどお二人と間近に接する方々がそれで右往左往するなど、怯懦《きょうだ》にもほどがあります」

怯懦などとかなり強い言葉を用いたが、後悔はなかった。

「こんな理不尽なことでお二方の志が穢されるなど、奥羽の方々のためにもあってはならないと思ったのです」

妃奈子の主張を純哉は黙って聞いていた。そうしてしばしの沈思のあと、彼はおもむろに尋ねる。

「あなたは外国で育って、失礼ですが国内の情報にかんしては知識がやや乏しい。それなのになぜ、そこまで考えを巡らせることができたのですか？」

純哉の疑問は分かる。最初にその話を聞いたとき、妃奈子は佐幕派がいまだ賊軍とされていることさえ知らなかった。そんな人間からここまで義憤を訴えられても、感動するよりも戸惑いのほうが先に来るだろう。

なにを話しているのかと、鈴と千加子がちらりとこちらを見たが、気配を察したのか聞こえないふりをして、舞台のほうを指さしてなにか話し合っている。

「私、フランスに滞在していたときに考えていたのです」

妃奈子は言った。会話の流れからすると唐突でしかないフランスという国名に、純哉は怪訝な顔をしたが、かまわずに妃奈子はつづける。話さずにはいられなかった。欧州にいた頃に抱いていた思いが、胸の内からほとばしっていた。

「巴里の街はとても洗練されていました。自由、平等、友愛が再度標榜《ひょうぼう》となり、街のあちこちで叫ばれておりました。滞在当初、私はその気風がとても好きでした」

しかししばらく住んでいるうちに徐々に知識を得てゆき、それに伴って様々な矛盾に妃奈子は気がついていった。

「けれどこの気風を得るために、何千もの人達が断頭台の露に消えたのだと考えると、好きだという言葉を安易に使って良いのか迷うようになりました」

フランスは王政、帝政を挟みながら三度目の正直でようやく共和制を樹立した国家である。そのために国王夫妻を処刑したことは当時の時代の流れとして解釈できても、そのあとの恐怖政治を肯定できるはずがない。猜疑心《さいぎしん》に支配された政治抗争の中で、無辜《むこ》の民も含めた何千人もの市民が断頭台の露と消えた。

自由平等を高らかに謳いあげても、参政権は男性にしか与えられていない。貴族に虐げられて果敢に反旗を翻《ひるがえ》し、勝利を勝ち取った民衆も、女性を差別することはなんとも思っていない。欧米人全般ではなく個人的な要素でもあるが、アジア人も含めた有色人種、一部の民族に対する差別意識を、なんの躊躇もなく表す者もいる。

これはあまりにも矛盾していないか？　妃奈子はその矛盾に気づいて父に訴えた。そのとき父は、娘の発言に目を細めた。

「父は言ったのです。私達人類は、人間としても国民としてもまだ未熟であると。それゆえに過ちを繰り返し、時には大きな犠牲を払うことを繰り返してしまう」

革命も御一新も、程度の差はあれ少なからずの犠牲を生んだ。その中にはどう考えたって理不尽な犠牲もあったはずだ。

「過ちがいかに罪深くても、起きてしまったことはどうにもならない。亡くなった者達は戻ってこないから、先人の成功と過ちに鑑みて、さらなる成功にと世界を導くことは次の世代にしかできない。いつの時代もお前達のような若者は、そのための存在なのだと」

表現は異なっていたが、父のこの言葉と卒業式での涼宮の祝辞の意図は同じであった気がする。彼らはいま羅針盤を使っている立場として、次世代の者達への言葉を尽くしたのだ。

夢中で訴えたあと、妃奈子は己の能弁に気づく。気恥ずかしさを覚えて純哉を見ると、彼は穏やかな表情で妃奈子を見つめていた。その目には共感と、大袈裟過ぎない称賛があった。

「素晴らしい御父上《おちちうえ》ですね」

柔らかく純哉は言った。

こくりとうなずいたあと、妃奈子は思い出した。欧州にいたときは、幾人かの友人達とこのような議論を交わしていたことを。彼女達のほとんどが成績は抜群だったが、エクセントリックと称されていた者達ばかりだった。日本ほど厳格でなくとも、女性に才気よりも淑やかさを求めることは欧州も同じだったから、それはとうぜんだった。けれどそのように称されることを、妃奈子も含めて彼女達の誰も恐れていなかった。

しかし帰国して孤立したことで、いつしか妃奈子はエクセントリックという評価を極端に恐れるようになってしまったのだ。

それゆえこの国の頑迷さを嫌悪した。不幸はすべてこの国のせいだと思った。

けれど保守の極みにあるような御内儀では、思ったほど息苦しさを感じていない。時代錯誤、非合理の極みにときには閉口することもあるが、そういう場所だからと割り切れているし、過ぎて面白いと思うことさえある。加えて近頃では、合理性では説明しきれない、守らねばならぬものの存在を漠然と感じるようにさえなっていた。

この矛盾な状況がなにゆえなのか、いまならば分かる。

閉塞《へいそく》の一番にして唯一の理由が、この国や華族女学校ではなく家庭——母親にあったからなのだ。

だからいまになって少し思うことは、華族女学校にも似た境遇の生徒はいて、けれど妃奈子と同じように圧迫されて話すことができなかった可能性だ。あるいはそんな生徒は本当に一人もいなかったのかもしれないけれど、おびえずにもっと多くの生徒に話しかけてみればどうだったのだろう？　そうしたらもっと早く、母からの呪縛《じゅばく》の存在に気づくことができたのかもしれなかった。

いろいろと考えを巡らせたあと、あらためて妃奈子は告げた。

「実は私の採用は、涼宮様のご推挙だというお話を伺ったのです」

純哉は驚いた顔をせず、ただ静かに答えた。

「ならば、私と同じですね」

顔を輝かせる妃奈子に、純哉は力強く言う。

「摂政宮様、御父上の期待に応えられるよう、われわれ若者も頑張っていきましょう」

欧州の学校で友人達と議論を交わしていた日々を思い出す。そのうえで女の妃奈子に対し、われわれと言った純哉に涼宮や父の言葉を重ねて嬉しくなってしまう。

「はい」

溌剌とした声をあげたとき、開演を報《しら》せるブザーが鳴った。照明が静かに落ちてゆき、暗くなった会場にオーケストラの重厚な音が響き渡った。

翌日出勤をすると、待ちかねていたように鈴が駆け寄ってきた。

「妃奈子さん、昨日のことが新聞に出ています」

「はい？」

意味が分からずに、間の抜けた声をあげる。鈴が手にしていた新聞を差し出した。大衆紙であるが、どういった経路でこんな早朝から回ってくるのだろう。

「昨日のことって？」

オペラの総評だろうか？　しかし一般紙ならともかく、こういった大衆紙がそんな高尚な芸術記事を掲載するものだろうか？　などと思いつつ紙面に目を落としたせつな、妃奈子は息を呑んだ。

帝国劇場の入り口を撮った写真には、純哉が写っている。幾人かの観客を写してごまかしてはいるが、まちがいなく被写体を彼に定めて撮ったものだった。その彼の傍らに立つ女性は妃奈子だった。斜め後ろからの角度と帽子を目深にかぶっていることで顔は見えなかったが衣装ですぐに分かる。

「油断もすきもないですね」

呆れたように鈴は言う。顔が写っておらぬことに安堵はしたが、妃奈子は渋い面持ちで記事に目を走らせる。表題は『帝国劇場の歌劇。三日目にして大いなる賑《にぎ》わい』というありふれたもので、内容もそれを少し詳しく書いた程度である。写真付きで掲載する記事とも思えない。

「高辻さんの写真を載せたかったのでしょうね」

ため息交じりに妃奈子は言った。おそらくだが涼宮の件以降、彼の周りでは記者が目を光らせている。なにかそれらしい絵が撮れればと狙《ねら》っているにちがいない。

「博物館のときから、ずっとついて回っているのかしら？」

「でも、これは前のところとは別の新聞社ですよ」

「え？」

社名を確認しようとした矢先、横から伸びてきた手がひょいと新聞を奪った。白魚のような指の主は月草だった。日頃話すことのない内侍の登場に、鈴は緊張した顔になる。もちろん妃奈子も身構える。こんな品位のないものを御内儀に持ち込んで、などと叱られる可能性はありそうだ。

無表情で新聞を一瞥したあと、月草は言った。

「まあ、仕事が早い」

予想もしない言葉に、妃奈子と鈴はぽかんとなった。

仕事が早いとは、どういう意味だ？　首を傾げたあと、はっと思いつく。そのときにはもう声をあげていた。

「ひょ、ひょっとして、このために私を帝劇に？」

「安心して。あなたの顔は絶対に写さないようにと念押しはしておいたわ。名前も身分も出ていないわよ」

悪びれたふうもなく返されて、妃奈子は反論の言葉を失う。

つまり、こういうことだ。

涼宮との噂を打ち消すため、妃奈子との写真を撮らせたのだ。商売敵の関係にある別の新聞社に情報を流して。常識的に考えれば、二十四歳の純哉の相手としては、十八歳の妃奈子のほうが現実味がある。顔は見えなくても服装や雰囲気で若い娘だというのは一目瞭然だった。双方の新聞を百人が見たのなら、九十五人は妃奈子との写真のほうに納得するだろう。

なにをどう抗議して良いのかとっさに言葉が出てこずに、妃奈子は口をぽかんと開けたまま月草を見る。それをどう受け止めたのか、しれっと月草は言った。

「あ、高辻さんはご存じないわよ。そんな策を勧めても、あなたに迷惑をかけるからといって多分拒否したと思うから」

「──そんなこと、最初から疑っていません」

「でしょうね。そんな人でもなければ、あなたもあれほど庇《かば》わないでしょうから」

さらりと告げられた言葉に、妃奈子はどきりとする。

うろたえつつも、そういえばと思いだす。帝への抗議をしたあの日、涼宮の件であれほど興奮していた月草が、急に熱が冷めたように不思議そうに妃奈子を見ていた。なにか顔についているのかと子供のようなことを思ったのだが、あのとき、ひょっとして月草は気づいたのではなかったのか。妃奈子自身ですらまだ自覚が曖昧《あいまい》で、言葉にできずにいる胸の内に芽生えたほのかな想いを――そんなことを思いついた矢先、とくんと胸が鳴った。

ああ、私は彼のことを想っているのだ。

あっさりと認めることができたのは、薄々と自覚があったからだ。

当人の自覚よりも早く、月草が妃奈子の慕情に気づき、それならいいかという理由で人選をした。彼女らしい合理的な理由だが、妃奈子にとっては迷惑かつデリカシーに欠ける話にはちがいない。

だからといって猛烈に抗議ができるかというと、それも二の足を踏む。自分の立場はもちろんあるが、なによりも純哉と過ごした時間はとてもときめいた。羅針盤の話も充実していたが、並んでのオペラ鑑賞もずっとわくわくしていた。あれだけ楽しんでおいて被害者面で抗議をするのも白々《しらじら》しい気がするし、その結果として純哉と涼宮の身の回りが落ちつくのなら納得もできる。

妃奈子はぐっと指を握り、ひとつ息を吐いた。腹立たしさは残るが、ここはひとつ妥協しよう。するとまるでその心境を見抜いたように、月草は優雅に微笑んだのだ。彼女は新聞を、妃奈子ではなく鈴に手渡した。鈴が恐縮して受け取ると、スカートの裾をひるがえして立ち去って行った。やっぱり腹立たしい。妃奈子はむすっとした顔のまま、その後ろ姿を見送った。

「妃奈子さん……」

遠慮がちに鈴が話しかける。彼女には妃奈子の純哉に対する想いまでは伝わっていないだろうが、月草に利用されたという事実は残っている。

「大丈夫ですよ。この写真で妃奈子さんだと分かるはずがありませんし、洋服を見て妃奈子さんだと分かるのは御所にいる方々だから、皆さんは私達も一緒だったと承知しておいでですから」

確かに鈴の言う通りだ。嫁入り前の娘として、別に致命傷を負ったわけではない。そもそも嫁入りをしたくなくて、宮仕えを決めたのだからどうということもない。そんなふうに考えると、色々と割り切れた。

「妃奈子さん？」

黙りこくった妃奈子に、鈴がもう一度呼び掛ける。妃奈子はすいっと顔をむけ、ちょっとやけのような、けれど晴れ晴れとした笑顔を見せた。そうしてぶんっと腕を回すと「さあ、仕事に行きましょう」と呼びかけた。

第四話

広大な面積を有する宮城の庭は、各所で美しい自然の景色を楽しめる。いまの時分は秋の紅葉が盛りである。しかし勝手が分からぬ妃奈子はどこに行くこともなく、内庭の前栽を眺めて季節の移り変わりを実感するしかなかった。

「では、私が知っている穴場に参りましょう」

鈴の誘いにのって外庭に出たのは、帝国劇場の件から数日後のことだった。

きっかけは少し前にさかのぼる。

昼食時の食堂で、他に人もいないので二人でおしゃべりをしている流れで、鈴が今朝がた目にしたという朝露に濡《ぬ》れた紅葉の美しさを切々と訴えた。妃奈子が外庭をじっくりと回ったことがないと言うと、一緒に見に行こうと誘ってきたのだった。

「でも一服したら、戻らなきゃいけないのに」

「すぐそこですよ。それに人目につかないので、気楽に行けますよ」

「……人目につかない？」

怪訝な顔をする妃奈子に、鈴は声をひそめた。

「賢所側の奥に入ったところの木立に、深く色づいた楓《かえで》があるんです。奥の御方達が見ても大きいばかりで雅趣に乏しいと言われそうですが、雄壮で私は好きですよ」

前栽として植えられた木は、周りとの調和があるので無闇《むやみ》に大きく育てない。しかし庭とは別の杜《もり》になると、そんな樹木もあるのだろう。よく手入れされた広大な御苑を持つ宮城は、同時にその周りを杜に囲まれていた。局の裏手にも木々に埋もれた山と称してもよさそうな丘がある。

行ってみたいのは山々だが、口やかましい先輩命婦達のことを思うと気が引ける。それでなくとも敬遠されているのに。どうしようかと思い悩んでいると、とつぜん鈴は声をひそめた。

「それと、ちょっとお伝えしておきたいことが」

「?」

「たいしたことではありません。ただここではちょっと……」

そう言われると断ることもできない。ではほんのちょっとだけと、二人で非常口の扉から外に出たのだった。

所の檜皮葺《ひわだぶき》の屋根が見える。絹靴ではなく草履で、掃き清められた庭を歩く。遠く前方には、賢所の檜皮葺の屋根が見える。賢所は皇祖神をまつる神殿区域で、神器のひとつである八咫《やたの》鏡《かがみ》が奉安してある神聖な場所だった。もちろん妃奈子は行ったことがない。あちらには内掌典《しょうてん》という、神事に従事する女官達が仕えていると聞いている。しかし彼女達の局は賢所の奥にあるから、その姿はちらりとも目にしたことはない。

「内掌典の方々とは、来週の新嘗祭《にいなめさい》のときにお会いできるかもしれませんよ」

鈴が言った。

「おまけにならなければ、ですけどね」

「そうらしいわね、新嘗祭って」

千加子からも聞いた話を思いだす。宮中神事の中でも最重要とされる新嘗祭では、徹底して穢れが排除される。ゆえに神事のさいの御内儀の仕事は、喪中、病《やまい》、もしくは月経にあたらなかった『お清い人』と呼ばれる女官のみで執り行われる。正常な現象である月経を穢れとするのは妃奈子には分からぬ感覚だった。

ともかくこの神事の最中は、該当する者は局を出ることも許されなくなる。そういうと災難のようだが、出勤した者のみで複雑かつ多岐にわたる神事、並びに通常の仕事もこなさなければならないから、本音を言えば月経にあたった者のほうが幸運な気もする。

(てなことは、絶対に言えないけどね)

心の中で舌を出しつつ、妃奈子は訊く。

「そういえば鈴は、先週なっていたわよね。おまけ」

「はい。でも今回はわりと楽でしたよ」

「あれで?」

妃奈子は驚きの声をあげた。青ざめた顔で仕事をする様子が痛々しかったが、あれで軽いうちだとは、ひどいときはどれほどのものなのか。自分が特に影響がないだけに罪悪感さえ覚える。月経中のほうが仕事が休めるので得だなどと、不遜なことを考えて申し訳がなかった。ちなみに妃奈子は二日前に終わったばかりだが、いつも通りにたいしたことはなかった。

「大変なのね」

「今月は終わりましたから、これで新嘗祭は安心してお役目を果たせます」

「采女《うねめ》、だったっけ？」

記憶を探りながら慣れぬ単語を言うと、鈴は、はいと元気よくうなずいた。

新嘗祭において、神殿で御用を務める女官を采女と呼ぶ。もともとは奈良時代以前、地方豪族が大和朝廷《やまとちょうてい》への服従の証《あかし》として差し出した一族の娘達のことである。ちなみにいわゆる側女《そばめ》ではなく、後宮での仕事を担う立場なので、いわゆる年季奉公のようなものかもしれない。もちろん中には、帝をはじめ上つ人達の目にとまる采女はいたようだが。

後世はその名のみが残り、新嘗祭や神今食《じんこんじき》のおりに、女官が陪膳采女、後取《しんどり》采女として、それぞれ二人ずつ計四人が務めるということだった。

そのうちの陪膳采女を、鈴は務めることになったのだ。采女役を御膳係の女嬬から選ぶのは通例だが、鈴が任命された理由のひとつとして、月経が先週終わったことがあったらしい。確かに儀式を前にしてはじまったりしては大事である。鈴はその話をしたとき『実はちょっと憧《あこが》れていたんですよ』と嬉しそうに言っていた。聞いてみると、采女の衣装が可愛いからという、実にあどけない理由であった。

「こっちです」

鈴が立ち止まった。右手側に長々と伸びていた竹製の籬《まがき》がいったん途切れて、半畳ほどの幅の隙間《すきま》ができていた。その先に細い通路が伸びている。これといった前栽もなく、掃きもしないままこんもりと枯れ葉が積もっているあたりから、庭師や仕人《つこうど》の通り道と思われた。

少し進むと、やがて鬱蒼《うっそう》と茂った木立が見えてきた。照葉樹が枝葉を伸ばす中では日差しはさえぎられて足元の土はじっとりと湿っている。つい先ほどまでは踏みしだくたびにがさがさと心地よい音を鳴らしていた枯れ葉も、ここでは堆肥《たいひ》のようになってふにゃりと張りのない感触がかえってくるだけだった。苔《こけ》むした岩にはウラジロやクマザサが覆《おお》いかぶさっている。

「知らなかった。こんなところがあったなんて……」

「ちょっと一人になりたいときとか、気晴らしにくるんですよ。お部屋はどうしても人目がありますから」

少し前に聞いた話だが、女嬬は六畳一間を四人で使っているのだという。となれば鈴のように若い者は、気軽に足も伸ばせないでいるのかもしれない。

「ここです、この木です」

得意げに鈴が指さした先には、見上げねばならぬほどの高さの、雄々しい枝ぶりの楓が生《は》えていた。雅《みやび》やかな宮殿の敷地《しきち》にはふさわしくない無骨な樹木であったが、熟した果実のように極まって赤く色づいた葉がわさわさと重なる有り様《あさま》は、まさしく花紅葉の呼び名にふさわしい。

「これは、すごいわね」

妃奈子は感嘆の息を漏らした。是非にとも誘った鈴の気持ちも分かる。逆の立場であれば、妃奈子も誰かを誘いたくてうずうずしただろう。

とはいえ、鈴がやや強引に妃奈子を誘い出した理由はそれだけではなかったはずだ。

「話ってなに？」

もうよかろうと思って、妃奈子は自分から切り出した。

他に人がいない食堂でもちょっと話しにくいと言っていたので、どこに庭師や仕人がいるか分からぬ宮中の庭では余計に話せなかっただろう。しかしここまでくれば、さすがに大丈夫だろう。

鈴はちょっと気まずげな顔をする。

「……その、摂政宮様のお召し物のことですけど」

妃奈子は眉をよせた。とうぜん観菊会の尋問服の件である。あの日の裁縫所に鈴はいなかったが、不始末にかんしては瞬く間に御内儀中に広まっていたので、彼女の耳にも入っているだろう。

なぜあんなことになったのか、真相はいまだ不明のままである。

妃奈子の提案で直しはしないことになったが、もちろん採寸票の確認はした。しかしこちらに間違いはなかった。

採寸票には佐々岡が口にした涼宮の正しい寸法が記されていた。

これによって妃奈子が懸念した、単位間違いの可能性はなくなった。その点では安堵したが、なぜ尋問服の丈が採寸票とちがった仕上がりになったのかが未だ謎《なぞ》である。

普通に考えて佐々岡か助手の娘達の誰かが、見間違いか思いこみで布を裁ってしまった可能性が高い。日頃から服を仕立てている相手なら気がつくだろうが、佐々岡にとって涼宮ははじめての客だった。なればこそ採寸票を念入りに確認しそうなものだが、実際に間違いは起きている。あのドレス丈が好評だったというのは結果論だ。佐々岡は自分の不手際を認めているが、日頃の彼女の仕事ぶりを考えれば、こんな安易な間違いをするものだろうかという疑問は消えないのだった。

だからというべきか、この機にというべきか、呉など未だに妃奈子がなにかを間違ったのではと聞こえよがしに言っている。採寸票には正しく単位が記されていたと返しても、尺貫法しか知らぬ呉には言い訳にしか聞こえないらしい。腹立たしいが正面から追及されたわけではないので、反論する機会がない。見習いという立場ももちろんある。

「摂政宮様のお召し物って、あの尋問服のこと?」

分かりきったことだったが念のために確認すると、鈴はすぐにうなずく。そのくせ次の言葉を口にするのに、躊躇うようにしばらく間をおいた。

「だから、どうこうという話ではありませんし……そういうことがあってもいいとは思うのですが」

回りくどい物言いに、妃奈子は不審な顔をする。責めたつもりはかけらもなかったのだが、どう感じたのか鈴はふたたび口をつぐんでしまう。短い沈黙のあと、彼女はついに観念したように告白する。

「お裁縫所の助手さんと、白藤の権のすけさんのところの老女がなにか言い争っていました」

意味深と言えば意味深。だから、なんだと言えばそれまでの証言だった。身分差が明確にある関係での言い争いは起きないが、仕立屋の助手と局の老女という関係なら対等に喧《けん》嘩《か》もするだろう。

けれどこの二人にかんしては、諍《いさか》いを起こすほど付き合いがあるとは思えない。なぜなら白藤は洋服を着ないからだ。お役女官としての仕事をほぼほぼしていないという事情もあるのだろうが、たまに見る彼女はいつも袿袴だった。であれば裁縫所とは縁がない。老女が洋服を仕立てたとしても、宮中の裁縫所は使わない。

疑念が渦巻く胸中を静めようと努《つと》めつつ、妃奈子は尋ねた。

「なにを話していたの？」

「それはよく分からないですけど……なんか金額とかこれっぽっちとか、そんな単語が聞こえてきました」

あからさまに怪しい。

妃奈子は事件が起きた当日のことを思い出してみる。

助手は二人いた。採寸票を記した助手は、自分が書き間違えたにちがいないと謝罪していた。けれどのちほど確認した採寸票は正しかったから、結局彼女の責ではないという結果になった。

だが、その採寸票がすり替えられていたら。

あらかじめ助手が間違った採寸票を用意して、裁断のときにすり替えていたら。裁断が終わったあと、正しい採寸票に戻していたら、同じ人間が記したものだから筆跡で怪しまれることはない。涼宮の寸法に認識がない佐々岡相手であれば、可能な企《たくら》みではないか。

「月草の内侍さんに話してみるわ」

妃奈子の提案に、鈴の表情に不安の色が走った。彼女の証言は、助手の人生を左右しかねないものだ。言ってよかったのだろうか？　万が一自分の思い違いであれば、という不安は残るだろう。だからこそ告発をためらっていた。

「そんなに心配しないで。月草の内侍さんから、おそらく藪蘭の典侍さんに話が行くと思うわ。あの二人であれば、きちんと調べもせずに処分するということはしないはずよ」

その点では宗秩寮《そうちつりょう》の役人より公平だ。優しいとか親しみやすいという類《たぐ》いの人達ではないが、筋が通っているという点では信頼ができるのだ。まあ月草にかんしては先日嵌《は》められたばかりなので、それもちょっと揺らぎかけているが。

ともかくあの二人に任せれば、鈴が心配している、彼女の証言だけで助手と老女を処分するような乱暴な真似はしないだろう。

そこで妃奈子は、ふと思う。

佐々岡の助手はともかく、白藤の老女はどうなのだろう？　白藤個人の使用人に、藪蘭がどこまで介入できるのだろう？　そこに引っ掛かりはあったが、ひとまず話してみなければなにもはじまらない。

「大丈夫よ。私に任せて」

まだ少し心配そうな鈴の肩を、妃奈子はぽんっと叩いた。


妃奈子から相談を受けた月草は、予想通り藪蘭に話を持って行った。藪蘭と佐々岡の二人から追及を受けた助手はすっかり観念し、白藤の老女から依頼を受け、いくばくかの金銭と引き換えに採寸票をすり替えたとあっさりと白状したのだった。

故意に仕掛けておいて、あの現場では白々しく顔をおおって「自分が間違った」などと過失で済ませようとしていた。しかも採寸票を元に戻して、隠蔽《いんぺい》しようとしていたのだから悪質極まりない。

佐々岡は助手を解雇した。彼女への人事権は佐々岡にある。どのみち御内儀が要求せずとも、雇用主としてこんな不始末をおかした者を雇いつづけられるはずがない。馘首《かくしゅ》は妥当な判断だった。

ここまでは、妃奈子の想定通りだった。

ところが共犯者、いや、むしろ主犯と言ってもよい白藤の老女にはお咎めがないというのだ。報告者という理由から、女官長室に呼ばれて説明を受けた妃奈子はあ然となる。その反応をどう受け止めたのか、同席していた月草が淡々と告げる。

「助手の解雇だって、別に御内儀からなにか公表するつもりはないわ。雇用主はあくまでも佐々岡さんだからね」

「ですがこの間合いで解雇されたら、誰だって疑いますよ」

「それでいいのよ。そもそも疑いではないわ。彼女が実行犯であることは事実でしょ。解雇されたと聞けば、やはり責は彼女にあったのかと全員が納得するわ」

確かにその通りだが、だからといって白藤の老女がなんの咎めも受けないとは納得できない。そのうえで老女の後ろに白藤がいることはおそらく間違いない。老女の企てが不問に処せられるのなら、白藤も追及されることはない。

釈然としないでいる妃奈子に、藪蘭が言った。

「無実の者が罪をきせられたわけではありません」

「………」

けれど公平ではないですよね？　そう反論したかったが堪えた。訴えたところで藪蘭にも月草にも響かないだろう。ただでさえ前代的な階級社会がまかり通るこの御内儀で、公平や平等などという単語がいかほどの価値を持つかなど、推して知るべしだった。

新しい価値観を持つ者として、妃奈子はここに採用された。けれどそれは若き帝のためであって、ここにいる女官達のためではない。彼女達自身は古いままでも別に構わないと考えているのだ。

冤罪《えんざい》をこうむったわけでもなく、助手への処分自体は妥当である。それでも釈然としない。唇を結ぶ妃奈子の前で、藪蘭は月草に目配せをした。月草はこくりとうなずき、おもむろに口を開く。

「これで分かったでしょう。あの御方に近づいてはいけないという意味が」

白藤とはじめて顔をあわせたあと、月草はそう忠告した。

「よほどのことがないかぎり、御内儀の者は誰もあの御方を咎められない。しかもあの御方は、己が巻きこんだ者をかばうような人間ではない。自分は常に安全な場所にいて、尽くしてくれた者を、とうぜんの権利のように切り捨てる。助手も実家に帰るしかないでしようね。御内儀の女官達はみなそれを分かっているから、どれほどうまいことを言われても誰もあの御方の誘いにはのらない。それは事なかれではなく自衛なの」

月草の物言いには、微塵も言い訳じみた気配がなかった。

山菜目当てに冬眠明けの熊《くま》がうろつく春の山に分け入って襲われた者、土用波が多い盆過ぎの海に入って溺《おぼ》れた者は、かねてより危険が指摘されていた場所なのだからすべて自業自得であると言わんばかりだった。あたかも自然の脅威のように、御生母様という御内儀が手をつけられない相手の誘惑にのってしまった助手が悪いということだ。

助手の自業自得という点については妃奈子もまったく同意だが、白藤への対処はどうにももやもやした思いが消せない。そもそもの疑問として、なぜ、こんな幼稚な真似をするのだろうか。

「白藤の権のすけさんは、摂政宮様に嫌がらせをしたかったのでしょうか？」

帝の義母という立場にある涼宮を、白藤がよく思っていないとは聞いていた。けれど立場を考えれば直接的な攻撃などできるはずもなく、その腹いせにこんな嫌がらせを仕組んだのだろうか？

妃奈子の問いに、月草は鼻を鳴らした。

「この程度のつまらない嫌がらせで、宮様に痛痒《つうよう》を与えられるはずがないでしょう」

相変わらずの涼宮への信奉ぶりには怖いものすらあるが、実際に涼宮はなにも堪えていなかったから月草の言い分は正しかった。

「ではなぜ……」

「あるいは、佐々岡さんに対する嫌がらせかもしれないわね」

最初はなにを言っているのかと思った。佐々岡は女官ではない。しかも白藤は洋服を着ないから、佐々岡とはかかわりを持たない。それなのに、なぜそんな真似をする。

そこで、ある考えが思い浮かぶ。妃奈子が白藤に目をつけられたのは、涼宮の推薦があったからだと聞いた。涼宮に近いという理由で、月草もなにかと嫌がらせを受けていると言っていた。

「え……佐々岡さんが摂政宮様のドレスの仕立てをお引き受けになったからですか?」

「そうじゃないかと、私は思っているわ」

月草の言葉に、藪蘭は渋い表情のままうなずく。彼女も同じ意見らしい。

呆れて言葉も出なかった。自分や月草が疎まれるのは分かる。けれど佐々岡は、帝からの命を受けて仕事を引き受けただけだ。そんな相手までを涼宮に近い人間として嫌悪するとは、およそまともな判断力を持つ人間とは思えなかった。

どうやら白藤権典侍というあの佳人は、この御内儀において触れてはならぬ刺草《いらくさ》のような存在であるらしい。なるほど。自衛のために近づくな、かかわるなという月草の言い分は理にかなっているのだろう。

つまりは、おかしな人なのだ。まともな説得など効きやしない。長い付き合いの藪蘭と月草は、その気質を十分すぎるほど知り尽くしている。

合点はいった。となれば、これだけはしっかりと念を押しておかなければならない。

「この件にかんして、告発者が鈴であるということは内密にしていただけますか？」

理屈や道徳が通じぬ白藤が、報復としてなにか危害を加えるかもしれない。特に判官女官という弱い立場の鈴には、高等女官の中でも最上位にも近い白藤から身を守る術が得られない。

「それはもちろん」

藪蘭は答えた。

「そもそもこの件にかんして、こちらとしてはなにか公にするつもりはありません。もちろん手駒《てごま》として使ったお裁縫所の助手がとつぜん解雇されたのなら、なにか思うところはあるでしょうが、だからといってそれをなんの根拠もなく判官女官と結びつけたりはしないでしょう」

権典侍という、判官女官とは直接かかわらぬ立場であれば、なおのことであろう。

妃奈子は納得した。

「分かりました」

「ただね……」

月草が話に割って入った。彼女は長い睫毛《まつげ》が影を落とす目を瞬かせた。

「今回の件に、どうやらあの御方がかかわっているらしいことは、こちらとしても別に口止めはしないわ」

「はい？」

妃奈子は怪訝な顔をする。正直そんなことなど考えてもいなかった。そもそも鈴の名を出さずに、どうやって人に話せというのか？ある女官がとか、ある針女がとか、目撃者をぼかして話す術はありそうだが、白藤の罪をあかるみに出すことはできない。

「真相が明かせないのなら、ただの噂にしかなりませんよ」

「だからよ」

「？」

一度首を傾げたあと、閃いた。ひょっとして、それが目的なのか？　はっきりとした処分ができないのなら、悪い噂を流して少しでも白藤の立場を悪くしてやりたいという魂胆なのか？　まじまじと見ると、月草の潤《うる》んだような黒い眸は挑発的な光を放っていた。

「あの御方が私達をかばわないのだから、私達があの御方をかばう必要もないというものでしょう」

涼宮のドレスに細工をしたのは、どうやら白藤らしい。

その噂は翌日には御内儀中に広がっていた。奥の噂は出仕達の口を通して、表にも伝わる。結果として、表に出入りする高官や華族達の間にも赤潮のように広がっているということだ。妃奈子は表の人間に伝手はないが、出仕がそんなふうに話していた。当の白藤は自分の局に籠もっているので反応は分からない。とはいえ噂が耳に入って気を悪くしようと、それは彼女の自業自得である。

しかし帝はどうなのだろう。

生母の義母に対する（現実には彼女の周りの人物にだが）悪質な嫌がらせを、十三歳の少年がどのように受け止めるのか、考えると不安はあった。それでなくとも生母との関係に多少の屈託を抱えているというのに。

いまのところこれといった動きはないから、おそらく耳に入っていないのだろう。一日の大半を学校で過ごし、しかも高貴なお立場ゆえに話し相手すら制限される帝の耳に、この類いの醜聞を入れることは容易ではない。

とはいえ先日の涼宮と純哉の件もあるから、侍従達はたいそう神経を尖らせているという噂である。ましてはじめての自身で臨む新嘗祭にむけて、心身の清浄を心がけておられる最中でもある。常にもまして余計な煩いはお耳に入れられないと、周りは大いに気を張っている。

そんな中で迎えた十一月二十二日は、新嘗祭前日である。

お清い人の高等女官達は、早朝から身支度に勤しむ。まずは湯を使って身を清める。普段は洋服を着ている者も、今回は袿袴を着けなければならない。妃奈子は繻子や緞子地の通常服で平素と変わらぬが、位が上の月草や藪蘭は格の高い礼服となる。袿の生地は二陪織物。これは地文のある生地の上にさらに文様を織り出した、平安の時代から伝わる古式ゆかしい豪奢な織物である。通常服では省かれる袿の下に着る単《ひとえ》も礼服では着用となるから、いっそう豪華だがとても動きにくそうだった。

その中でも最大の辛苦は髪型だった。こちらは内侍も命婦も関係がない。扇のような形に張り出した大すべらかしは、雛人形そのものの形である。しかもこの頭で足かけ三日を過ごさねばならぬのだという。

「寝るときはどうなさっていたのですか？」

「寝る間なんてなくてよ」

突き放すように月草から言われて、妃奈子は滅入《めい》った。

千加子ともう一人の針女の手で身支度を済ませた妃奈子は、月草の部屋に仕上がりを確認してもらいに行ったのだ。三人の針女達に手掛けられた月草は、古式ゆかしい女官姿に仕上がっていた。衣装や髪型に着られているふしのある妃奈子とちがって、着慣れた姿には風格がただよっている。紅梅色の袿は、繁菱《しげびし》の地文に撫子丸《なでしこまる》の文様を織り出した二陪織物。白の単をのぞかせた装いなど、清らげな天女のような彩である。

艶やかさに見惚れつつ睡眠時のことを尋ねると、寝る間などないという耳を疑う答えが返ってきた。辟易する妃奈子の前で右腕を振りながら「さあ、今年は何人が奉仕できるかしらねえ」などと言うさまは、出陣前の勇ましい軍人のようでもある。

おそるおそる月草のあとについて、御内儀にむかう。考えてみれば月草と一緒に畳廊下を歩いたのはひと月ぶりぐらいではあるまいか？　九月に出仕をはじめて、最初の頃はいろいろと世話を焼いてくれたが、もともと内侍と命婦では仕事の内容がちがう。それに勤務時間もそれぞれにちがってくるので、妃奈子が慣れたのに伴って、近頃では個々に動いていたのである。

御内儀はいつもより人が多く、普段通り洋服の者も幾人かいた。身軽な装いのその人達が率先して日常の業務をこなしていたので、普段であればだいぶん仕事が進んだというところであったのだが——。

そろそろ四時、という頃に女官達は廊下に集められた。場所は離れているが、女孺達も声が聞こえる場所にいる。

正面に藪蘭が進み出た。比金襖《ひごんのう》に金糸で丸文を織り出した豪華な袿を着こなしたさまなどは、さすがの貫禄である。洋服のときより濃い化粧が、もとよりきつめの目鼻立ちをさらに際立たせている。

「時間になりました。差しつかえのある者は下がりなさい」

厳かな藪蘭の命で、四人の高等女官が退く。彼女達は袿袴ではなく洋服だったので、そうなることは最初から分かっていた。高等女官は総勢十一人だが、うち一人は白藤なのではなから働き手に加えていない。もちろん最初から、この場にも顔を出していない。しかし判官女官達は全員が普段と変わらぬ格好だったので、三分の一近くが退いたという事実に妃奈子はひるんだ。

さて、この少ない人数でなにをするのかと言えば、まずは道具の清めである。帝が使うすべての品を、神事用の新しいものに取り換える。持ち運べるものはすべてであるから、とうぜん机や椅子も対象となる。

（神事用の机って、なに？）

疑問に思ったが、あまりの繁忙さにそんなことを考える余裕はすぐになくなった。

一人掛けの椅子ならまだしも、長椅子や机となると重労働である。しかも判官女官は奥に入れないから、ここはすべて命婦以上の高等女官だけでやらなくてはならない。ちなみにどうしても持ち運べないものは、拭《ふ》き清《きよ》めたうえで切り火を行う。

朱色に金と緑の蔓薔薇《つるばら》模様を施した生地を張った長椅子は、マホガニーのがっしりした枠組みの品で、それを袿袴に大すべらかしの女官達で抱えあげるのだから大事だ。

「しっかり持ちましたか？」

椅子の反対側を持った柘《つげ》命婦は、五十を少し越えたぐらいの年で、命婦の中では二番手になる。二人の権命婦はおまけで欠席である。妃奈子は腕と腰に力をこめた。

「はい、大丈夫です」

「ならば、せいので持ち上げますよ」

二人がかり、三人がかりで動かさねばならぬ大物を先に済ませ、その日は終わった。さすがに完徹の作業ではなかったが、宿直室で仮眠をとっただけで早朝にはもう仕事に入ったから似たようなものである。しかも大すべらかしの頭を崩さないように気遣ったものだから、ろくに寝た気がしなかった。

二十三日の朝、内侍達は帝のお世話に入った。命婦達は一人でも運べる小物の取り換えに掛かる。出勤している六人の高等女官の内訳は、妃奈子の他は月草と藪蘭。若竹《わかたけ》権掌侍。柘命婦と、そして最年長の呉命婦だった。

呉は尋問服の件以降はできるかぎり避けている相手だったが、この人数ではそんなことも言っていられなかった。しかも藪蘭より一回り近くも上のような年齢の婦人だから、ごわごわした袿袴をつけて重いものを持つ姿など、腰をやられはしないか、裾を引っかけて転倒をしたりしないかと周りの者をはらはらさせていた。

対照的に妃奈子は、その頃には完全に第一の戦力になっていた。不慣れと大がかりな衣装と髪型のせいで最初のうちこそまごついていたが、やはり飛びぬけての若さはこういう単純な肉体労働では非常に優位である。

特に重宝されたのが、照明の清めである。一昔前までは宮殿の明かりは蠟燭《ろうそく》とランプが中心だったが、近年はほぼ電気に変わっている。これは民間でも同じだが、さすがに一般家庭のすべてを網羅《もうら》するほどには広まっていない。

天井から下がった照明の掃除は、踏み台を使っても小柄な女官には難儀な仕事だ。それを背の高い妃奈子がすいすいとやってのけたから、あの藪蘭ですら「助かりますよ」と機嫌よく言葉をかけてくれた。そうなると他の女官達も素直に同調する。なにしろお清い人として残った彼女達は、横幅に差はあれ縦には小さな者ばかりだったのだ。

最後の照明を清めたあと、踏み台から降りた妃奈子に近くにいた若竹内侍が「ごくろうさま」と朗らかに声をかけた。日頃はあまり話すことのない相手からの慰労に、ちょっとくすぐったい気持ちになる。

「高いところの用事でなにかございましたら、遠慮なくお申しつけください」

「お気遣いありがとう。そのときはまたお頼みしますよ」

穏やかに返されてほっとしたのもつかの間、若竹の背のむこうで不貞腐《ふてくさ》れている呉にたちまち気持ちが萎える。最初のうちはなぜそれほど私が気にくわないのだろうかと、具体的な対立の記憶がないので悲しむよりも不思議であった。しかし命婦御雇の身分で一の側をあてがってもらったという事情を知ってから、同じ命婦としてはやはり面白くないのだろうと納得した。呉は命婦として四十年以上、二の側に住みつづけている。愉快なはずがない。

やむを得ない感情であろうと、半ば諦めて次の仕事に取りかかろうとした妃奈子だったが、呉が部屋の隅に置いた長持ちの前に屈みこんだことに気づく。あれこれ考えることなくそばに歩み寄り、長持ちの右端に回りこんだ。気にくわない後輩の登場に、呉は警戒した目をむける。

「この長持ちはたいそう重とうございますので、呉さんお一人ではお抱えあげにはなれぬかと存じます」

手伝いの申し出がよほど思いがけなかったのか、呉は目をぱちくりさせる。自分の妃奈子への仕打ちに自覚があるのなら、そんな反応にもなるだろう。

妃奈子とて、別に恩を売ろうと思ってのことではない。実はこの長持ちの移動は、少し前に妃奈子が試みたものだった。しかしあまりに重たかったので、誰かに手伝ってもらおうと手を離したところで、若竹に照明の清めを頼まれて中断したという経緯があったのである。つまり妃奈子からすれば、自分が手掛けた仕事だったのだ。その仕事で高齢の呉が無理をして腰等痛められては寝覚めが悪い。

呉はなんとも言えぬ表情でふんと顔を背け、妃奈子を無視して一人で長持ちを抱えようとした。祖母のような年齢の人にこんなことを思うのもあれだが、とことんひねくれた人だと呆れ返った。しかし一人で抱え上げるなどとうぜん無理な話で、長持ちはがたりと音をたてて端が持ち上がっただけである。ほれ、見たことかと思っていると――。

「まあ、本当にこれは重たいこと」

がらりと明るい口調に、一瞬誰が言ったのかと思った。目を円くする妃奈子の前で、呉は白々しく笑いかけた。

「あなたの言う通りだったわね。では、お言葉に甘えてお手をお借りしましょう」

豹変《ひょうへん》ぶりにとっさに反応できなかったが、促されるまま端を持つ。いっせいのせ、で力をあわせると、重い長持ちは軽々と持ち上がった。そのまま声をかけあって拍子《ひょうし》をあわせつつ濡れ縁《ぬれえん》まで運び出した。あとは判官女官達が運ぶことになっている。

「みなで力をあわせると、仕事がはかどりますね」

戻る際に呉から愛想よく言われたときは、もはや苦笑いしか浮かばなかった。

きっとこれが、宮中という閉塞した場所で心を病まずに長く過ごす術なのだろうと感心した。同時に華族女学校時代の自分にこのたくましさがあれば、学生生活はもう少し有意義なものになっていたかもしれないとも思った。

そんなこんなで作業に忙殺されているうちに、つるべ落としの秋の日はたちまち暮れていく。帝のお召し替えの準備のために、藪蘭と二人の内侍（月草と若竹）がふたたび奥の間に入ったところで、妃奈子達はいったん息をつく。

「今回はお若い方がいてくれて、ほんま助かりましたね」

柘の言葉に呉が「まことに」と同意したときは、すでになにも思わなくなっていた。しかしこれは年上の同輩達と距離を縮める絶好の機会だとは思ったので、自分から話しかけてみる。

「このあとは、どのような展開になるのですか？」

「神嘉殿《しんかでん》にお出向きになられる御上を、お庭までお見送りして差し上げます」

柘が教えてくれた。神嘉殿とは、賢所にある神殿の呼び名である。宮中三殿の西隣に位置する。新嘗祭ではこの場所で帝が神をお迎えすることになっている。

その間、女官達にこれといった仕事はないが、二十三日の深夜の儀式が終わるまでは清浄を保って待機していなければならない。夜通しの儀式は昨年まで代拝だったが、十三歳の帝は今年はじめて自ら挑むのだった。

「大変なお勤めでございますね」

「もちろん。ですから私達も心してお仕えしなければなりません」

柘が言ったとき、すぐそばの杉戸が音をたてて開いた。そこは表に行くための廊下に通じる戸だった。その先に出仕の少年がいた。

「あの、藪蘭典侍をお呼びいただきたいのです」

ひどく焦った少年の声音に、妃奈子は不穏なものを覚える。その横で二人の命婦が怪訝な顔をする。響かぬ三人の反応に、出仕は少し声を荒らげた。

「お早くお願いします。采女役の女官が一人、行方不明になったそうです」

行方が分からなくなった女嬬は、鈴だった。

午後になり、采女役の四人は世話役の女嬬に連れられて賢所にむかった。しかし鈴が途中で、手洗いを理由に一人で引き返した。世話役の女嬬は他の三人の采女役を賢所に連れていったあとしばらく門前で待っていたがいっこうに来る気配はない。間近の手洗いはもちろん、その周囲も捜したが見つからなかった。もしや戻ってはいないかと局にも人をやったが、やはりいなかったのだという。

出仕の訴えを受けた妃奈子は、奥に戻って藪蘭を杉戸の前まで連れ出してきた。神事を前にした帝の耳に入れるべきことではないとは本能的に察していた。それほどにこの神事が重いものであることは、ほぼ丸一日かけて行われた徹底した清めの作業により実感していた。

事情を聞いた藪蘭は、いらだちと疑惑を隠しもせずに声を尖らせる。

「そんな神隠しのようなことがありますか!?」

「しかし、実際に女官がいなくなったのですから」

反論をしたのは、あとからやってきた綾小路侍従長だった。こちらも神事に備えて神主のような出で立ちをしていた。男子禁制の御内儀だが、こちらからの許可があればもちろん他の者も入れる。医師などはその最たる例だ。先帝の時代も、有事のさいには官僚や将軍が頻繁に出入りしていたと聞いている。

侍従長の指摘に、藪蘭はむすっと押し黙った。女官がいなくなったのなら、その責は藪蘭にある。とはいえこの場での優先事項は、責任追及や言い逃れではなく鈴を捜し出すことだ。

藪蘭はぐっと唇を噛み、途方に暮れたように肩を落とす。

「いったいどこに行ってしまったのか」

「急に畏《おそ》れ多《おお》くなって、逃げ出してしまったのでは……」

「鈴は、そんな無責任な娘ではないです」

侍従長の推察を、妃奈子はすかさず否定した。思わず反射的に言ってしまったが、御雇の立場で侍従長に真っ向から反論したのはさすがにまずかったかと反省する。恐る恐る反応をうかがうも、侍従長も藪蘭も咎める素振りは見せなかった。

「そもそもどこかに行くといっても、今日の宮城から抜け出すことは不可能でしょう」

藪蘭は言った。帝が住まう宮城は、日ごろから厳重な警備が敷かれている。まして今日のように一年で一番尊重される神事となれば、内外からの立ち入りは厳しく精査されているはずだ。なにかあれば大騒ぎになる。だが、そんな報告は一切ない。であれば本当に神隠しでもないかぎり、鈴は宮城のどこかにいる。

ふと妃奈子の脳裡に、白藤が思い浮かんだ。

（まさか……）

尋問服の件を告発したのが鈴だというのは公になっていない。けれどももしもなにかの拍子でそれが白藤の耳に入ったとしたら——そこまで考えて妃奈子は、自分の疑念を良くないことだと打ち消す。

告発者が鈴だということを、白藤が知るはずがないのだ。この件は当人である鈴をのぞけば、妃奈子は月草と藪蘭にしか話していない。他の女官ならともかく、よりによってこの二人が口を滑らせるような迂闊な真似をするはずがない。

「いまから局に参ります」

とつぜんの藪蘭の宣言に、侍従長のみならず呉、柘の両命婦が驚いた顔をする。彼らはあの件にかんして鈴のかかわりを知らない。だから妃奈子のように白藤に対する疑念はかけらも思い浮かばない。

「局はすでに、針女達に見て回らせたと聞きましたよ」

柘が言った。そもそも現状はかなりの人数の女官が、月経や忌服を理由に局に下がっている。宮中行事にかかわらぬ針女達は通常通りに仕事をしている。つまりいまの局は日頃よりもずっと人の目がある。そこに鈴が潜むことは難しい。

しかし針女達はもちろん、高等女官でさえ迂闊に探せない場所が局にはある。

白藤の局である。

「もう一度、見てまいります」

微塵の揺らぎも見せず、藪蘭は言った。現状で彼女は唯一の、白藤より上位の女官だった。白藤の局を探るとしたら、それは藪蘭にしかできない。その責任感は頼もしい。けれど相手が相手だけに、誤認であれば非常に面倒なことになってしまいそうだ。

妃奈子は考えをめぐらせる。

藪蘭と月草の慎重さを考えれば、彼女達が鈴の件を口外した可能性はまずない。

鈴本人が口を滑らせたという可能性も、あれほど思い悩んでいた彼女がそんな不用意な真似をするとは思えなかった。

となれば、やはり白藤の耳にその情報は入っていないと考えるべきだ。

ならばこの件に白藤はかかわっていない。そもそも眠っている赤子でもあるまいし、なんの気配も残さず人一人を誘拐できるはずがない。まして今日の御所は庭も含めて、神事への参加者でいつもより人目がある。

だというのに鈴は忽然《こつぜん》と姿を消した。まさしく神隠しであるが、それで終わるのなら警察はいらない。いったい、どうやって鈴は姿を消したのか？　これほど周りになにも気づかせずに。

――あ!?

ある可能性が思い浮かんだ瞬間、妃奈子は声をあげた。

「お待ちください」

すでに先を行っていた藪蘭は足を止めた。二人の命婦も侍従長も、ぎょっとして妃奈子を見る。その三人は無視して、妃奈子は藪蘭にだけ視線を固定する。

「確証のないままあちらの局にお伺いして、そうでなかった場合は事がこじれます」

「あちら?」

呉と栢の両命婦は怪訝な顔をするが、さすがに藪蘭は妃奈子の意をすぐに解したとみえてぎゅっと眉を寄せた。それぐらいの認識は彼女もあるだろう。敢えて火中の栗《くり》を拾いたい者はいない。しかし他に思い当たる節がないから、立場上腹をくくるしかなかった。

「鈴の行き先に、心当たりがあります」

藪蘭を含めた、その場にいる者達の顔に驚きの色が浮かぶ。衆目を受けた妃奈子は「確信ではありませんが」と前置きをしてから言った。

「ですから局の前に、そちらを先に確認させてください」

神事のためにあちこちで篝火《かがりび》を焚《た》いた庭は、夜とは思えぬほど明るかった。

儀式はまだ少し先であったが、時代がかった装束に身を包んだ属官と思しき男性の姿を前栽のむこうになどちらほらと見かける。もちろんむこうが妃奈子の姿を見たら、同じように思うだろうが。

妃奈子は出仕とともに、賢所にむかって進んだ。先日、鈴と歩いた道である。妃奈子の想像が正しければ、おそらくあの木立の付近にいるのではないか。先日連れて行ってもらった大きな楓の木が頭に思い浮かんでいる。

籬が途切れたところで、妃奈子はカンテラを手にした出仕に言う。

「こっちよ。先を照らしてちょうだい」

ここから先は明かりがなければ、足元もおぼつかない。籬の先に伸びた小道は、まるで洞のように真っ暗だった。

「大丈夫ですか？　こんなところを行って」

不安げに尋ねた出仕は十三、四歳といったあたりか。出仕のうちでは年長のほうで、あと一、二年のうちに御役御免《おやくごめん》となるだろう。勤続年数は彼のほうが長いのだが、実年齢で言葉遣いがぞんざいになってしまう。しかしむこうも違和感は持っていないようだから気にしないことにする。そもそもそんなことは大事の前の小事である。

「崖《がけ》があるとかの危ない場所じゃないわ。でも足元は気を付けないと……」

「妃奈子さん」

名を呼ばれて顔を見ると、賢所のほうから純哉が早足で近づいてきていた。同じ宮内官でも侍従ではない彼は、普通の燕尾服《えんびふく》を着ている。

「高辻さん、なぜここに？」

「御内儀の様子がどうにもおかしいようだから確認してくるよう、摂政宮様からご命令を賜りました」

儀式に参列する皇族、華族、高官達はすでに賢所に集まりはじめている。その彼らの間にも不穏な気配は伝わっているようだ。しかし具体的になにが起きたのかまでは知られていない。知られていたら、もっと大騒ぎになっているだろう。

「なにか起きたのですか？」

「──それをいまから確認に行きます。力をかしてください」

とつぜんの要請に純哉は目を円くする。協力そのものはやぶさかではないだろうが、なにが起きたのかを知らされないままでは二つ返事もできない。

「御雇さん、大丈夫ですか？」

出仕が困惑顔で妃奈子と純哉を見比べる。彼の懸念はもっともだ。まだ公になっていないこの騒動を、御内儀からすれば部外者である純哉に話して良いものか悩んでとうぜんだった。

この少年の純哉との面識の有無は分からない。しかし最前のやりとりから涼宮に仕える者だということは理解しているだろう。そのうえでこのような心配をするのなら、かなり慎重な性格と思われた。

「私の推測通りであれば、この方の助けが必要になってくるの」

「え?」

純哉と出仕が同時に声をあげたが、妃奈子は答えずに小道を歩きはじめた。出仕があわててカンテラをかざし、そのまま前に出た。妃奈子は純哉と並んであとにつづく。足元でがさがさと音をたてていた枯れ葉の割れる音がしなくなり、少し沈むような柔らかい土の感触になった頃、カンテラの明かりに照らされて例の木立が見えてきた。

そしてあの巨大な楓の樹木の下で、女が膝をついて蹲《うずくま》っていた。短い悲鳴をあげた出仕がカンテラを揺らし、そのために明かりが大きくぶれた。この状況では幽霊と間違っても不思議ではない。

もちろん幽霊ではない。顔は見えなかったが、着物の柄で鈴だとすぐに分かった。

妃奈子は急いで駆け寄った。袴にも袿にも泥が跳ねたかもしれないが、ここに来るまでにすでにだいぶん汚れているだろうから、いまさら気にしてもしかたがない。

「大丈夫?」

声掛けに、鈴はのろのろと顔をあげた。明かりが遠いので表情はよく分からない。ただその緩慢な動きで、本調子ではないとすぐに察することができた。

「……妃奈子、さん」

「具合が悪そうね。ひょっとして——おまけがはじまったの」

男性二人がいるところでの月経の話題は、さすがに声をひそめざるをえない。妃奈子自身はそれが恥だとは思っていないが、おそらく鈴は恥ずかしいだろう。

妃奈子がこの場所を思いついた理由は、鈴が自分の意志で姿を消したのではと考えたからだった。誰の仕業であれ、他人の目がある中で覚醒《かくせい》状態にある人間をいっさいの気配もなくさらうことは不可能である。この段階でかどわかされたという説は消えた。一瞬でも疑ってしまった白藤には、この点では申し訳がなかった。

采女役に意気込みを見せていた鈴がそんな真似をしたのなら、よほどの不測の事態が考えられる。しかし不慮の怪我《けが》や病であれば、発症の時点で周りの者が気がつくだろう。となれば理由として考えられるのは、月経だった。それもとつぜん、予測だにしない間合いで。鈴は二週間前に月経が終わっていたから、まさかここでやってくるとは本人も夢にも思っていなかっただろう。その可能性に思い至った妃奈子は、失踪《しっそう》した場所からこの木立を断定したのだった。

おまけかという妃奈子の問いに、はたして鈴はうなずいた。出仕が遠慮がちにかざしたカンテラの明かりに照らされた顔は苦痛に歪んでいた。

「その、途中で気づいて、このまま賢所に行ったら、大変なことになると思って……」

たったこれだけの短い言葉を、途切れ途切れに苦し気に鈴は告げた。

なぜ誰かに断りを入れなかったのか、こんなところではなく局に戻ることはできなかったのか等、行動に不明な点は多々あるが、いまはそんなことを問い詰めている場合ではない。しかもこんな苦し気な者を、湿った土の上に寝かせていて良いはずがない。

「高辻さん。この娘を局に連れていってください」

「局?」

純哉は戸惑ったように返した。女官の宿舎をさすことは分かるだろうから、必然の反応だった。男の純哉にどうやってそこまで行けというのだ。場所自体は宮内省官舎と比較的近いから知っているだろうが。

けれど妃奈子が連れてゆくことはできない。力的にはもちろんだが、今日の妃奈子はお清い人だからだ。月経を不浄として扱うことそのものに反発はある。しかしそれを軸に永々《えいえい》と大切に営まれてきた儀式を、自分の価値観と正義感だけで、説得も根回しもなしに台無しにすることはできない。それは通り魔と同じ行為だ。

まだ少年といってよい出仕に、鈴を抱え上げることはできない。この事態を予測していたから、純哉についてきてもらったのだ。

「その娘さんは、病なのですか?」

純哉が尋ねた。彼も月経痛だということは薄々感じているのかもしれない。ただ病の場合も差しさわりとされるから、ここで正確に説明する必要はない。

「はい。ですから清い人ではなくなったのです。ゆえに采女の務めはできませんし、御内儀にも入れません」

「でしたらいったん宮内省の当直室にお運びしましょう。そのあとで局に迎えを要請します」

「お願いします」

純哉の提案に妃奈子は胸を撫《な》でおろした。

そのあと出仕と協力して、純哉に鈴をおぶわせた。泥や経血で燕尾服を汚す不安があったので、純哉の背に手巾《ハンカチ》を広げた。純哉の背にもたれてなお鈴はうめいている。症状がひどいときは身動きが取れないという本人の証言を、まざまざと目の当たりにした。

純哉の背で、鈴はうっすらと目を開く。

「……妃奈子さん」

「大丈夫。奥の方々には私がちゃんと説明をするから、いまはゆっくり休んでいてちょうだい」

「ありがとうございます」

苦痛に満ちた鈴の表情に、安堵の色が差した。

籬のところで、妃奈子は三人と別れた。ここからは御内儀までは篝火や室内の明かりがあるのでカンテラはいらない。ゆえに出仕には純哉についていってもらった。そのまま妃奈子は御内儀に戻り、待機していた藪蘭と侍従長に事情を説明した。想像もしなかった理由に二人はしばし言葉を失っていたのだが、やがてぽつりと藪蘭が言った。

「良かったわ、早まらなくて」

然《しか》りである。白藤の局に行っていたら、さぞややこしい事態になっていただろう。事情が分かったところで安心したのか、侍従長は戻っていった。このあとの奥の最大の役割は帝を送り出すことだが、表はそのあとが本番だからいろいろと準備が必要で、彼はこれからがいっそう多忙なのだ。

侍従長を見送ったあと、妃奈子と藪蘭は杉戸から離れた。

「あなたのおかげで、助かりましたよ」

「いえ……」

妃奈子は語尾を濁した。真正面から礼を言われると、さすがに面映ゆい。しかも威厳の塊《かたまり》のような藪蘭が相手では、調子にのったことも言えない。

「私の、仕事ですから」

藪蘭の口許が少し緩んだ——ように見えたのだが、気のせいか？　あらためて確認しても、彼女はいつも通り冷厳な表情を浮かべている。礼を言われたからといって浮かれてはいけない。恩を売ったのではなく、自分の仕事をしただけなのだ。

気を引き締めて、あらためて妃奈子は尋ねる。

「他になにか御用はございませんか？」

「そうね……」

藪蘭は顎に指先をあてて、しばらく思案していた。そのうち「どうせだし」「そのほうが早い」などと、訳の分からぬことをぶつぶつつぶやきはじめた。不気味なことこの上なくて妃奈子はひるみかける。やがて藪蘭は指を離し、ようやく妃奈子に直接話しかけた。

「ひとまず身を清めていらっしゃい。賢所で」

目の前の上司がなにを言っているのか、妃奈子は意味が分からなかった。

藪蘭の命令で足を運んだ先は、賢所に設《しつら》えられた御湯殿《おゆどの》だった。

そこで妃奈子は身を清めるための潔斎と称して、幾度も湯を浴びせられた。お清い人として昼も同じように身を清めたのだが、十一月下旬の夜の冷えた空気の中での潔斎は昼の行為とは比較にならない。湯舟に浸かれないので、唇が震えそうになるほど寒い。これはまさしく苦行である。

冷え切った身体のまま部屋に入ると、すぐさま采女の衣装を着付けられた。

藪蘭の命で、鈴の代役を務めることになったのだ。

采女役は基本御膳係の女嬬が務めるものだが、命婦が請け負うことはままあることなのだという。しかし近年は命婦が年配者ばかりだったので、体力的に采女役を任せることができなかった。ちなみにどういう基準で命婦が請け負うことになるのかは説明してもらっていない。逆に女嬬が年配ばかりという時代もあっただろうし、若い女嬬がそれこそ月経で全滅したという場合も想像できる。いずれにしろ今回のように、やむにやまれぬ事情であることは想像できた。

（それにしたって、急すぎる）

鏡の中の妃奈子は、見る見るうちに装いを新たにしてゆく。

小袖《こそで》に切袴までは女官と同じ扮装《ふんそう》だが、その上は袿や表着ではなく、脹脛丈の上衣を着ける。白練絹に雲、松、種々の草花が描かれており、裏地には萌黄の生絹を付けた袷《あわせ》仕立てで『絵衣《えぎぬ》』と呼ばれる衣だった。その上に重ねる『掛衣《かけぎぬ》』は、縹《はなだ》の絹地に白の胡粉《ごふん》で青海波を描いた腰丈の衣で、裄丈も掛衣より一回り小さく仕立ててある。それゆえ裾から絵衣の美しい柄が見えるようになっていた。最上衣として、薄絹で仕立てた袖無《そでな》しの襅《ちはや》を羽織って仕上げである。

大すべらかしに結っていた髪には額櫛《ひたいぐし》と、心葉《こころば》と呼ばれる梅の枝を模した髪飾りを付ける。白い糸状の飾りがついており、胸の下あたりで揺れている。

「はい、終わりました」

着付け役の女孺がほっとした声で告げた。四十歳くらいの婦人は毎年着付けをうけおっているという熟練者だったが、今回は急遽《きゅうきょ》短時間で仕上げなければならなかったので、さすがに焦っていたようだ。無事に仕上がったことに、ひとまず安心というところか。

だが、こちらはちっとも安心できない。予行演習どころか、簡単な説明だけでこんな大役を任されるなんて、あり得ない。こんなの失敗しても、けして私の責任ではないぞと声を大にして叫びたい心境である。

「まあ、おきれいですこと」

ちょうどよい間合いで部屋に入ってきた年配の女官に、覚えはなかった。ほとんど白くなった髪を垂髻《ときさげ》に結い、御内儀では目にすることがない白綸子の袿を身に着けている。髪の色のせいで第一印象は古希にちかい年配者かと思ったが、顔のはり艶を見るとさほど高齢でもなさそうだ。

「これは、谷口内掌典《たにぐちないしょうてん》さま」

女孺の呼びかけで、この女官の役職が判明した。賢所に仕える女官、内掌典である。

今回の新嘗祭においては彼女達は直接的な役目を持たないが、采女の控え所が賢所なので会えるかもしれないと鈴が言っていた。

「そろそろ御仕度も終わった頃かと思いまして、お茶などお持ちいたしましたよ」

そう告げた谷口の後ろには、茶器がのった盆を手にした賢所側の雑仕がいた。

「いつもながらのあたたかいお心遣い、痛み入ります」

言葉ほどには恐縮しておらず、むしろ親し気に女嬬は答えた。采女の提供は、新嘗祭だけではなく七月の神今食《じんこんじき》にも行われる。一年に二回も顔をあわせていれば、ある程度親しさも深まるだろう。

茶器を卓上に置く横で、谷口は今度は妃奈子に話しかけた。

「今回は時ならぬ大役を仰せつけられまして、ご不安もございましょう。藪蘭典侍さまからもご連絡をいただきまして、私どもも内掌典どもも、采女さま方がお滞りなく御用をお勤め上げられますよう、賢所さまに御祈念申し上げてまいりました次第でございます」

「……あ、ありがとうございます」

正直、なんのことだかよく分からない。かいつまんで考えるに、采女達が無事に役目を果たせるように祈願したという話のようだ。

「藪蘭のすけさんは、ずいぶんとあなたさまのことを気にかけておられましたよ」

感心したように谷口は言うが、妃奈子からすれば「そりゃ、そうだろう」という気持ちしかない。こんな唐突に重責を人に担わせておいて、のほほんとしていたら女官長失格である。いまごろ御内儀でやきもきしておいてもらわねば困る。そんな妃奈子の内心での反発など谷口はもちろん気づいていない。

「私はあの方とは同じ年にご奉公をはじめたのですが、すっかりご立派になられて、いまや押しも押されぬ御首席でございますね」

やはりそれぐらいの年齢だった。もちろん同期だから同じ年とは限らないのだが、声や肌から推察するに、谷口の年回りは藪蘭ほどと思われた。

「内掌典の御方と御内儀の女官にも、そのように同時期の採用という話があるのでございますね」

「いいえ。実は私は、もともと命婦だったのですよ」

「え⁉」

思わず声をあげた妃奈子に、谷口は声をたてて笑った。

「私も、ちょうどいまのあなたさまのように采女役を仰せつかりましてね。そのときに触れた神事の神々しさとありがたさにすっかり魅了されてしまい、御内儀に戻ってからも賢所さまから心が離れず、思いきって当時の女官長に異動を願い出てみたのですよ」

そう語った谷口は、まるで少女のようにきらきらした眸をしていた。

そんなことがあるのかと驚く反面で、不思議と納得できる部分もあった。

学生時代、妃奈子はこの国の旧態依然とした体制にずっと辟易していた。ほとんど嫌悪と言ってもよかったその感情は、実は体制ではなく母親との関係に起因するものだったのだと気づいたのは、けっこう最近のことだった。

朝子と離れて暮らしてみると、非合理的なそれらにも功利や損得のみでは説明できない意味があるのだと受け入れられるようになった。

有形としては現れない。功利の点ではなんの得もない。それを有用ととらえぬ者にはなんの価値もない。けれどそれをとらえた者にはなによりも敬《うやま》うべき、眩《まばゆ》いまでの美しい光を放つ神々しい存在——谷口の心をとらえたものは、そういう存在ではないのかという気がした。

もちろん妃奈子には、よく分からない。けれど己が理解できないからといって、他人が心から敬う存在を否定するのは身勝手がすぎる。まして賢所《ここ》は、それを守りつづけるために存在する場所である。その場所で自分の無理解を理由に神事を否定することは、押し売りと変わらない。だから妃奈子は、自らの価値観を曲げることは難しくても、これから賢所でなされることを素直な心で見聞してみようと思っていた。

「ではご神殿のほうに——」

世話役の女嬬が、少しあらたまった口調で促す。妃奈子は立ち上がり、先導を受けて采女の間を出た。歩を進めるたび、こめかみの横で日蔭《ひかげ》蔓《かずら》がさらさらと音をたてる。中にいるときには気づかなかったが、外では和楽器の音色が流れていた。神楽《かぐら》の演奏である。待機所には、妃奈子と同じ装束をつけた三人の采女がいた。彼女達は予定通り采女の間に入り、とうに仕度を済ませていた。

妃奈子は心の準備をする間もなく神嘉殿にと誘導された。四人の采女達に先立って、白い明衣《みょうえ》を付けた掌典《しょうてん》職の者達が神嘉殿に進む。掌典職は宮内省式部職在籍の、祭典を掌《つかさど》る男性の官人である。彼らがかぶる冠にもまた、日蔭鬘が下がっていた。

吹き放ちの通路から庭を見ると、ばちばちと音をたてて燃え盛る篝火が見えた。

管弦の音が、十一月下旬の凍えるような空気の中に冴《さ》え冴《ざ》えと響き渡る。神嘉殿の付近には、ひしめくほどの人々が集まっていた。前方では古式ゆかしい装束をつけた皇族、華族、高官がこの様子を見守っている。男性は黒や緋色の位袍《いほう》の上に、女性は袿の上に、生成りの麻で仕立てた小忌衣《おみごろも》を羽織っている。

采女達は待機所で帝のお越しを待つ。誰も一言も口を利かない。わずかな咳払《せきばら》いひとつだけでも、神聖な空気が穢されてしまうような緊張感が張り詰めている。

やがて白い御帛衣《ごはくぎぬ》に身を包んだ帝がお出ましになる。御内儀を出るときは白羽二重の御衣に緋の袴を召されていたということだが、綾綺殿《りょうきでん》で侍従達の奉仕によりお召し替えになられた。管弦の響きと篝火の爆《は》ぜる音がする中、しずしずと筵道《えんどう》を進まれる。京都の御所での習慣にならったのか、うっすらと化粧を施した若き帝の顔は言葉に言い尽くせないほどにお美しい。これから神嘉殿にて神をお迎えになられ、ともにお過ごしになられるのにふさわしい佇《たたず》まいである。

神々しさに、妃奈子は圧倒されかかる。

もちろん、谷口のように完全に心を奪われたわけではない。非日常的な出来事に感動はしても、そこに神の存在を感じるかといえば、そこまで大袈裟な感情ではない。

けれど、人々の想いは感じた。

目に見えぬ存在を信じた無数の人々によってひたむきに繰り返され、丁寧につなぎつづけたことにより、儀式は人の心を打つ力を得た。

人が自分の想いだけではなく他人の想いをも尊重したいと願うのなら、儀式は継承していかなければならないという気持ちにさせられる。

——大切なものなのだ。

古いものに対して、はじめて妃奈子はそう思った。

谷口の話を聞き、いまこうして人々が大切に紡いできた想いが具現化した光景を目のあたりにして、妃奈子はそのことを強く認識した。

二十四日の未明、『夕の儀』と『暁の儀』の二回の神事を済ませた帝は、ようやく遥拝《ようはい》所から出御された。確かにこれは幼若な者には体力的に厳しく、昨年までは代拝だったというのも納得の苦行であった。

妃奈子は『采女の間』で装束を解き、白羽二重の着物に着替えたあと、他の采女や世話役の女孀達とともに御内儀に戻った。

室内に入ったとき、女官達は神事のために取り換えた道具を常のものに戻している最中だった。儀式そのものは終了したが、この作業が済むまで神事は終わらない。よって欠勤者達も戻ってこない。采女役を務めたことで肉体的にも精神的にも疲れていたが、立場上動かねばしかたがないと腕まくりをしかけたときだった。

「ああ、御雇さん。台所におばん（食事）があるから、いただいていらっしゃい」

そう勧めたのは、なんと呉だった。驚く妃奈子に、栢も言う。

「こちらの作業はもう終わるから、先にいっていらっしゃい。私達もあとからご相伴にあがります」

「――では、お言葉に甘えて」

呉から言われたときは、あとから変な因縁《いんねん》をつけられやしないかと身構えた。しかし栢も勧めるのなら大丈夫だろうと安心して、妃奈子は女官食堂にむかった。

戸を開くと、室内は醬油と生姜を炊いた美味しそうな匂いで満たされていた。

「あ、お疲れさまでした」

年配の雑仕が配膳室から顔を出した。

「こちらでお食事がいただけると聞いたのですが」

「はい。お雑煮もありますよ。ご飯とどちらがいいですか？」

なかなか悩ましい問いだった。普段であれば雑煮を選ぶが、生姜醤油の匂いが白飯を求めている。

「お菜はなんですか？」

「鰤《ぶり》大根とお煮染《にし》めです」

「ご飯をいただきます」

即答に、雑仕は声をたてて笑った。いそいそと席につこうとしたが、白羽二重の着物で食事をするのはなかなか勇気が必要だということに気づく。それで給仕の者達のために置いてある割烹着を借りることにした。上の者達に見つかったら、なにかやかましく言われるかもしれないので手っ取り早くいただくことにしよう。

運ばれてきた食膳には、鰤大根とお煮染めにすまし汁。鰤の脂が移った大根は飴色に光り、よく味が染《し》みて美味しそうだった。白飯はまだ温かかった。おひつそのものに保温性があるが、それをつぐらに入れているからなおさら温かさがもつようになっている。

大根に箸を入れると、まるで豆腐のようにほろりと割れる。ひとかけ口に入れると、白いご飯にあう甘辛い味付けに猛烈に食欲をそそられ、けっこうな勢いでたいらげてしまった。采女の間で軽食は出たが、緊張でほとんど食べることができなかった。ここにきてはじめて空腹だったことを実感する。

食後のお茶をいただきながら、一服したら戻らねばと考える。自分達もあとから来ると柘は言っていたが、妃奈子が戻って仕事を代わらねば彼女達もここにこられない。茶碗を膳に戻し、割烹着を脱ぎにかかる。

「ありがとうございます。これ、助かりました」

「いえいえ。お召し物を汚したら大変ですものね」

雑仕に言われて、妃奈子は身に着けた白羽二重を見下ろした。そういえばこれはもらえるのだろうか？　袿袴装束に白羽二重の着物はいくらあっても余ることはないから、そうであれば嬉しいのだけど。そんなことを考えているところに、音をたてて戸が開いた。

「海棠、ご苦労だったな」

夜更けとも思えぬ活気のある声は、涼宮だった。

二陪織物の袿をつぼにからげた袿袴姿だが、髪はもともとの断髪である。儀式にその頭で出ることはないだろうから、どこかで鬘を取ったのだろう。冷静に考えれば突飛な組み合わせなのに、斬新でかっこいいと思えるのは涼宮ならではである。彼女の後ろにはとうぜんと言うべきか、月草が立っている。

思いがけない人物の登場に、妃奈子よりも割烹着を手にした雑仕がひるんだ。そりゃあそうだろう。皇太后と同列の直宮、摂政宮が女官食堂に入ってきたのだから。お見かけするのなら、せめて応接室である。

なぜ？　と問いたい気持ちで月草を見るが、彼女はすんとしたままで説明する気配はない。ただ雑仕にむかって「お茶を」と言っただけだ。動揺した雑仕が気づかないまま茶を淹れるために奥に入ってしまったので、妃奈子は食堂の隅に重ねた座布団を二つ持ってきて、涼宮と月草の前に置いた。ほぼ横並びの二人に対して、妃奈子が少し距離を取って座ったので、三人の位置は二等辺三角形の形になった。

「お前が機転をきかせてくれたおかげで、余計な騒動を起こさずに済んだ。その感謝を伝えに来た」

涼宮が語る機転というのが、鈴の居場所を捜し当てたことなのか、白藤を査問しようとした藪蘭を止めたことなのか、采女の代役を果したことなのかは妃奈子には分からなかった。

妃奈子は首を横に揺らした。

「身に余るお言葉です。ただ、無我夢中でございましたので……」

「さぞ驚いただろう。高辻がその女嬬から聞いた話では、おとう（手洗い）でまけを確認したあと、いったん局に戻ろうと考えたらしい。確かにその状態で賢所にむかうわけにはいかないからな。局から誰かに報告してもらうつもりだったのだが、痛みがどんどん強くなって、途中で休むためにそこの木立に入ったらしい。しかしさらに身動きが取れなくなり、どうにもできなくなったところをお前が見つけたという話だ」

涼宮の説明は男性、いや、女性でも生理痛がさほどひどくない者には信じがたい話かもしれない。自分が苦しまない者にとっての月経は、病気ではないの一言で済まされることが多い。妃奈子だって、あの鈴の姿を目の当たりにしなければ信じられなかったかもしれなかった。

だから、妃奈子は訴えた。

「鈴は責任逃れであのような行動を取ったわけではありません。神事を台無しにしてはならないという一心で、むしろ責任感ゆえにあのような行動を取ってしまったのです。ですから、どうぞ厳しいお咎めは——」

「あれは一度、診察を受けたほうがいいかもしれないわね」

ぼそりと月草が言った。

「え？」

「おまけって、普通は四週間に一回ぐらいでくるものよ。二週間前に終わったばかりなのでしょう。あの年齢では安定しなくても不思議ではないけど、痛みも含めてちょっと極端な気がするわ。知りあいに産婦人科の女医がいるから、相談をしてみましょう。あれぐらいの若い娘でも、女医が相手なら抵抗は少ないでしょう」

「…………」

それがまっとうな善意だと気づくのに、少しの時間を要した。

言っていることはとても親切なのに、相変わらずの淡々とした物言いで、すぐに内容が入ってこなかった。涼宮をのぞいた他人に対する忖度《そんたく》のない平等な対応も含め、この月草という人は悪いほうに誤解されかねない人物なのだと、あらためて妃奈子は実感した。

「そうだな。大袈裟なことはしなくても、漢方の服用などで改善する者もいるからな」

「では連絡をとってみます。涼宮様がご賛同くださったと伝えれば、世津子《せつこ》さんは診察中の患者を放り出してでも参内しますよ」

「……それはよくないぞ」

涼宮は渋い顔でたしなめたが、月草はへっちゃらである。件《くだん》の女医は世津子という名前らしい。姓ではなく下の名で呼ぶあたり、かなり親しい間柄《あいだがら》なのだろうか。そして月草の言いようから察するに、彼女と同じく涼宮の信奉者と思われた。

「診察を受けて、それだけ症状が強かったということが証明できれば、不可抗力だからしかたがないということになるでしょう。神事を台無しにされたわけでもなし、あなたの機転のおかげで事なきを得たのだから、まあ注意はされるでしょうけど、処分というところまではいかないでしょう」

水が流れるように、さらさらと月草は語った。意図が分かった。突飛にも聞こえた診察の提案にはそういう理由があったのだ。月経は病気ではないから、今回の件を聞いて甘ぇと受け止める者もいるかもしれない。そんな者達を抑えるためにも、医師の診察が必要なのだ。

「ありがとうございます。鈴はきっと喜びます」

深々と一礼したとき、雑仕が茶を運んできた。茶托《ちゃたく》をそれぞれの前に置いたあと、妃奈子もおかわりを訊かれたので、もう一杯いただくことにする。

「しかしいきなり采女役を任されて、緊張しただろう」

なかば冗談交じりに涼宮は言ったが、妃奈子は真剣な顔でうなずいた。粗相があれば藪蘭のせいと開き直ったが、実際あの現場に立ちあえばそんなふうには考えられなかった。

「神事を大切にしている皆さまのお気持ちが、ひしひしと伝わってまいりました。その思いを私の物知らずでむげにするわけにはまいりませぬので、万が一にも間違いを起こしてはならぬと大変に緊張いたしました」

「お前は本当に正直な娘だな」

涼宮の指摘に、妃奈子は「正直？」と繰り返した。なんだろう？ あるいはまた無意識のまま賢しらな発言をしてしまったのだろうか？ だとしても涼宮の物言いがおおらかだったこともあり、母や白藤に言われたほどには気にならなかったけれど。

訝し気な顔をする妃奈子に、涼宮は苦笑する。

「よいのだ。神事にかぎらず儀礼で大切なことは、実は心を込めることではない。いかに正確に遂行するかなのだ」

「え？」

「平安時代の公卿《くぎょう》・堀川《ほりかわ》左大臣が、知識不足から儀式で失敗を繰り返して、最後には二十歳も年少の御堂関白《みどうかんぱく》から無能と罵倒《ばとう》された話を知っているか？　まあ、知らなくても別にいいが、儀式において正しく行うということはそれだけ重要なことなのだ」

妃奈子は顔を赤くした。つまり神の存在をついに感じることはなかったという妃奈子の本音を、涼宮はすっかりお見通しだったのである。人々の気持ちが伝わったので、それをむげにしてはいけないという妃奈子の発言は、神ではなく人間にのみむけられたものと受け止められる。

申し訳ないような気持ちはあるが、咎められなかったことには安心した。ちなみに堀川左大臣も御堂関白も、残念ながら知らない。あとで調べてみようと素直に思った。昔のことを知らなければ、いまを守れない。いまを守れなければ、未来に進めない。

「心得ました」

妃奈子の答えに、涼宮は口許をほころばせて微笑んだ。

涼宮と月草が連れ立って食堂を出たあと、入れ替わるようにして他の女官達が入ってきた。月草をのぞく御内儀で仕事をしていた高等女官全員だったので、帝のお世話はどうしたのだと尋ねると、神事が解けたので局に籠もっていた女官達が戻ってきて、お清い人達は解散と相成ったのだという。

藪蘭と呉は雑煮を、他の二人は鰤大根を頼んだ。

「御上はぐっすりお休みであらしゃいます。お若いですから、おひる（お目覚め）は昼近くになるかもしれませんね」

重圧から解放された若竹はいつになく朗らかだったが、さすがにその表情には疲労の色が濃くにじみでていた。妃奈子もいまのところは気持ちの高揚でごまかしているが、通奏低音のように感じている眠気と疲労の存在には気づいていた。

「いまお布団に入ったら、泥のように眠ってしまいそうです」

正直に言うと、呉がふんと鼻を鳴らした。またなにか嫌みを言われるのかと身構えていると、思ったよりも穏やかな口調で彼女は言った。

「お若いなあ」

「はい？」

「年を取ると、そう安易に寝つくことは叶いません。それに下手な時間に寝ると、今度は夜が寝付けなくなりますのや。途中で眠たくなれば仮眠ぐらいは取りますけど、今夜床につくまでは、まあ我慢のしどころですやろ」

呉の証言に、そんなものなのかと妃奈子は驚いた。確かによく眠れることは、若さと体力の証明だと聞いたことがあったが、十八歳の妃奈子にはそれがとうぜんのことだったので、話を聞いてもいまひとつぴんとこなかった。

ちなみに呉の意見に藪蘭と柘はしみじみとうなずいていたが、若竹はいまいち分からぬ顔をしている。白藤と同世代の彼女は、睡眠力にかんしてはまだ妃奈子寄りなのかもしれない。だからといって「私はそんなことはちっともございません」というのも若さを主張しているようで嫌みである。そのあたりの複雑なかけひきを若竹はよく分かっているようだし、妃奈子もそれぐらいのことは分かる。

「そうだったのですね。ですが局でゆっくりできれば、それだけでも少しは疲れがとれるかもしれませんよ」

「せやな」

素直に呉は同意した。その物言いは特に好意的でもなかったが、以前のような刺々《とげとげ》しいものは感じられなかった。雑煮の汁をすすり終えた呉は、漆塗りの椀《わん》を膳に戻した。

短い逡巡のあと、思いきって妃奈子は口を開いた。

「ところで、呉の命婦さん」

呉は皺《しわ》のよった薄い瞼を持ち上げた。面倒臭そうにも見える眼差しにちょっと不快にはなったが、なんとか堪えて気を取り直す。

昨日からのやりとりをきっかけに、呉がこれまで抱いていた妃奈子への屈託や反発を水に流したいと願っているのかどうか、それを確認したかった。自分側に非があるとは思ってはいないが、祖母のような年代の婦人がその気持ちになってくれたのなら、多少下手に出ることはやぶさかではない。

「御堂関白って、どなたのことでしょうか？」

涼宮とのやりとりを知らぬ者達からすれば、唐突な質問でしかない。呉はまたもや鼻で笑う。こういうふるまいの人なのだと、あまり気にしないことにした。

「なんや、あんたさんはそんなことも知らひんのんか……ああ、外国で育ったのならしかたないな」

「はい。ですから知らないことがたくさんあるのです」

「それならしかたがない。まあ分からないのなら、いまみたいになんでも訊いたらよろしいですやろ」

やっぱり言ってみてよかったと、胸にこみあげるものがあった。

「ちなみに御堂関白とは、藤原道長《ふじわらのみちなが》さんのことや」

「ああ、その方なら存じております」

千年ほども前の人物を知り合いのように語るのもちょっと違和感だが、これはこれで面白いと思った。京都の人達は『応仁《おうにん》の乱』のことを、先の戦というと聞いたが、それもあながち作り話ではないのかもと思った。

「では同じ時代の、堀川左大臣はご存じですか？」

「悪霊左府さんのことやね」

なんともおどろおどろしい名称に、妃奈子はひるむ。するとどう思ったのか呉は声をあげて笑った。

「御堂関白さんの従兄《いとこ》で、藤原顕光《ふじわらのあきみつ》というお人や。逆恨《さかうら》みかどうかは知らんけど、九条《くじょう》さんの家系に祟《たた》ったとか言われて、そんな気の毒なあだ名をつけられてしもうたんや。詳しく知りたかったら『大鏡』あたりを読んでみたらよろし」

「『大鏡』、ですか？」

女学校で習った覚えはある。鏡物とされる古典のひとつで、他に『今鏡』『水鏡』『増《ます》鏡《かがみ》』とあったはずだ。ちなみにここでの鏡は歴史という意味なので、いわゆる歴史物語に分別されると覚えている。

「ありがとうございます。今度読んでみます」

礼を述べると、呉は得意げな顔をした。それはちょっと鼻持ちならないけれど、なんとなく憎めない気の強い少女のような表情だった。

雑煮や鰤大根を食しながら女官達が繰り出すまったりとしたやりとりに、妃奈子は茶を飲みながら相槌を打った。普通に考えて全員疲労は限界に達していたはずだが、重責を成し遂げたことで妙に気持ちが高ぶっていたので、少し気持ちを落ちつけなければすぐにはくつろげない気がした。

とりとめもないおしゃべりで気持ちを静めると、あんのじょうというのか、そのあと局に戻った妃奈子は、布団をかぶるなり本当に泥のように眠った。昼過ぎに目が覚めたあと、まさに有言実行だと一人苦笑してしまうほどに。


新嘗祭が終わって数日が過ぎた十一月の末日。

純哉が涼宮に付き添って、御内儀を訪れた。二人にお茶を出したところで、前と同じように月草がやってきて、涼宮を帝が待つ御常御殿に連れて行ってしまった。

「先日はありがとうございました」

応接室に二人残されてから、あらためて妃奈子は礼を言った。今回は別に接待も求められなかったから、すぐに仕事に戻るつもりでいる。しかし短い世間話程度であればかまわないだろう。

もちろん扉は開けたままにしている。帝国劇場の件にかんして、御内儀の者達は事情を知っている。とはいえ純哉のように見場のよい青年は、老若身分を問わず女達の注目の的となっているから、特に自分のように年の近い娘は用心深くふるまわなくてはならない。

「いいえ。あの件では妃奈子さんこそお手柄でしたよ」

「鈴と親しくしていたから分かっただけのことですが、大切な儀式に差しさわりが生じなくてよかったです」

「ところで、あの女官さんは大丈夫ですか？」

「はい。婦人科専門の女医さんにお越しいただいて、ひとまず漢方を処方してもらったとのことです。効果があるかどうかはもう少し見ないと分かりませんが」

「女医ですか？　こちらの侍医ではなく？」

「ええ。月草の内侍さんの女学校時代のご学友だそうです。つまりは摂政宮様ともご学友ということになります」

「ということは、華族女学校の生徒から女医となったのですか。それは珍しい」

驚きを隠さない純哉に、妃奈子は同意する。

「はい。かなりの変わり種だと、月草の内侍さんも言っていました。いまは臨床の傍ら女子医専で教鞭《きょうべん》もとっておられて、教育者としても優秀な方だそうですよ」

件の女医の経歴を聞いたとき、華族女学校の中にもそんな人がいたのだとあらめて感銘を受けた。それこそ彼女の在学中などは、妃奈子のとき以上に良妻賢母教育が顕著であっただろうに、医師として独立するにはどのような艱難《かんなん》があったのか想像に難くない。

そうやって考えると、やはり妃奈子の同級生の中にも、程度の差はあれ現状の環境に鬱屈を抱えた者がいたような気もするのだ。

あくまでも仮定に過ぎない。けれどもしそうであったとすれば、いま彼女達はどのように日々を過ごしているのだろう？　妃奈子はなんとか逃げ出すことができそうだが、彼女達は意に添わぬ生活を強要されてやしないだろうか。願わくば五年、十年後に、自分が望んだ道を進んでいる同級生の誰かと再会できれば良いのにと、そんな夢のような未来を想像した。

純哉は紅茶を一口すすり、しげしげと妃奈子を見上げた。

「こちらに、ずいぶんと馴染まれたようですね」

「そうですか？」

などと言いはしたが、もちろん自覚はあった。女官達との関係は、急に距離が縮まったわけでもないが、新嘗祭をきっかけに一山は越えた。分からぬことはすぐに訊ける環境になったし、手助けがいる場合などは躊躇なく依頼ができるようになった。

ほどよい人間関係を築き、自分が暮らしやすいように環境を整える。欧州では能力という自覚もないままあたりまえにしていたことが、帰国以降はできなくなってしまった。

その原因は己のいたらなさに加え、この国の閉塞的な環境にあると思っていた。

けれど御内儀という、後者にかんしてはその究極にある場所でふたたび環境を整えることができた。いたらなさも、自分が思っていたほど致命的なものはなかったのだ。

いつしかそのように思いこまされてしまった過去や原因については、いまさらくどくどと考えるまいと自分に言い聞かせている——そのおかげでいまは清々しい。

「妃奈子さん」

扉のむこうに鈴が顔をのぞかせた。純哉を見て、あっと口許を押さえる。純哉もすぐに気づいたようで目を細める。

「もう、大丈夫そうですね」

「そのせつは……」

深々と頭を下げる鈴だったが、やけに落ちつきがない。帝国劇場、新嘗祭とたてつづけに世話になっている相手なのだから、いつもならもっと潑溂と礼を言うところなのに。

「なにかあったの?」

「あの、面会の方が……」

「面会って、私に?」

八州子だろうか? 他に思い浮かばない。友人はいないし、朝子にいたっては手紙もよこさない。こちらも出していないからお互いさまではあるけれど。

「どなた?」

「――その、お母様だと」

瞬く間に鼓動が高まる。頭が混乱し、とっさに言葉が出てこない。

表情を強張らせる妃奈子に、純哉も鈴も不審な顔をする。母親が面会に来たと聞いてこんな反応をすれば、何事かと疑うだろう。

動揺の中で、妃奈子は冷静になるよう自分に言い聞かせる。よくない。こんな反応を見せては余計な勘繰りをされてしまう。自身を叱咤《しった》し、なんとか表情を取《と》り繕《つくろ》う。

「母が?」

「はい。女官さん達の応接室にお通ししております」

鈴の言葉に妃奈子は息をついた。とつぜんすぎる。事前に連絡をしてくれれば、心の準備もできたのに。いや、そうなれば当日を迎えるまで憂鬱《ゆううつ》に過ごしていたはずだから、かえってこのほうがよかったのかもしれない。

それにしても、なんのために来たのだろう。母親として世間体を保つためか、それとも多少は娘を懐かしがる気持ちがあったのか——ほんのわずかばかり芽生えた期待を妃奈子が自覚する直前だった。

「あの、本当のお母様ですか?」

遠慮がちな鈴の問いに、頬を叩かれたような気持ちになった。

真意を問うような視線をむけると、鈴は「すみません」と肩をすくめた。

「おきれいな奥様ですけど、なんだかすごく立腹していらして……これ、お取り次ぎをしてもよいものかと心配になったものですから」

それまで心の奥にわずかに張り付いていた残滓《ざんし》が、さらりと流れた気がした。

そんなことだろうと思った。母親が数ヵ月ぶりに娘に会いにきた理由が〝怒り〟だというのなら、娘のほうも情を持てぬことに罪悪感を覚える必要はない。

おろおろする鈴に、妃奈子は涼し気に微笑みかける。

「心配をかけたわね。でも、私は平気よ」

先刻の動揺から一転、端然とした妃奈子の態度は、傍から見れば不気味ですらあった。鈴は助けを求めるように純哉のほうを見た。純哉は眉を寄せ、なにか言おうとした。しかし妃奈子は「失礼します」とだけ言って部屋を出る。

廊下に飾った鏡で、服の乱れを確認する。今朝、千加子がきっちり着付けてくれた袿は瑠璃《るり》のような深い褐色《かちいろ》である。勝ちに通じるとのことから、武将が好んだ色だとなにかの拍子に呉が教えてくれた。良い色である。妃奈子はもともと濃い色が好きで、そのほうがだんぜん似合うのだ。淡い萌黄色の振袖などよりずっと。

応接室の杉戸を開けると、長椅子に座っていた朝子がこちらを見た。朽葉色《くちばいろ》の色無地に黒羽織を着けている。朝子ははじめて見る娘の女官姿に一瞬戸惑うような顔をしたが、すぐにその眼《め》に怒りをにじませた。

「これは、どういうことなの⁉」

いきなりの非難である。無沙汰を口にすることも、息災かどうかを尋ねることもなかった。心がどんどん冷えてゆくのでかえって助かったけれど。

朝子が手にしていたものは、例の帝国劇場での写真が掲載された新聞だった。顔は写っていないから分からないだろうと安心していたが、そういえば朝子はあのワンピースを知っているのだった。あの当時気鬱だった朝子は、娘が誂えた服など気に掛ける余裕すらないように思えたのだが。

「そちらの方は宮内省の役人でございます。この日はお仕事で帝国劇場に参りました。そのとき偶然写ったものでございましょう。二人きりではございませんでした。なんでしたらそのときに一緒にいた、女官や侍女にも証言させましょうか」

正確には褒美として観覧に行ったが、結果的には仕事のようなものだったから、この説明でもかまわないだろう。

動じた様子もなく淡々と返す妃奈子に、朝子はひるんだ顔をする。そうであろう。帰国以降は、自分がなにかを言えばすぐに口籠もってしまう娘だったのだから。

以前とは様子がちがうと認識したのだろう。朝子は仕切り直しでもするように、つかの間をおく。そうしてかつてのように、あたかも被害者であるかのように困惑気に語る。

「だとしても伊東さまとの見合いを断っておいて、あんな失礼を働いたのに、こんなことをお知りになられたら気分を害されるでしょう。お気の毒──」

「お母さまがなにも仰せにならなければ、その写真が私だと分かる者は世間にはいないと思います」

妃奈子の反撃に朝子はぐっと言葉を詰まらせる。かつて完全に抑えつけていた娘が、臆することなく正論で応じてくる。そのちがいにいささか慌てているようである。なんとかして自分の展開に持ち込まなければという焦りをにじませた朝子は、大袈裟に嘆息する。

「まあ、それはそうだけれど……でも、伊東さまにはいまでも申し訳ないと思っているのよ。あんな良い方だったのに」

「そのようにお母さまがお気に召した殿方でしたら、奈央子の婿にいかがですか？」

お母さまが婿に迎えたらというのは、さすがに下品すぎると思ったので慎んだが、年齢的にはそちらのほうが自然である。親よりも年長の相手との結婚なんて、どう考えたって不自然で、なんらかの事情があってそんな話になったとしても、親として普通は不憫《ふびん》に思うものなのだ。

あんのじょう朝子はびっくりしたように目を見開く。

「なにを言っているの。あの娘は十歳よ。そんな年寄りが相手では可哀想《かわいそう》じゃない」

「私は可哀想ではないのですね」

朝子は息を呑み、まじまじと妃奈子を見つめた。やがてその目が泳ぎはじめる。狼狽《ろうばい》を露にしつつ、母親としての体裁を保つための言葉と行動を必死で探している。この期に及んでもなお、自分の行為が親心なのだと娘に信じさせようと、あがいているのか。

ふと、妃奈子は思った。とつぜん朝子が来た目的を、純哉との関係を誤解して、母親としてその不品行を咎めにきたのだと考えた。けれど本音はそうではなく、単に妃奈子が年相応の青年と結ばれることが許せなかっただけではなかったのか。

――あんたのお母さんは、あんたの幸せなんて望んでいない。

八州子の言葉がよみがえり、妃奈子の目はいっそう冷ややかになる。すると、それまでうろたえていた朝子の眸に、突如獰猛《どうもう》な光が宿った。

「お前はいつだって、そうね」

声音が明らかに荒ぶっていた。

「女のくせに賢しらにふるまって、母親を馬鹿《ばか》にしているのでしょう。私が外にも出られないでいたというのに、これ見よがしに外国人とべらべらしゃべったりして、本当にはしたない。ああ、それもこれもあの人がいけないよ。女の生意気を咎めるどころか、褒めるのだから。私は外国になんて行きたくなかった。日本であれば、お前をどこに出しても恥ずかしくない娘に育てられたのに――」

これまでの鬱憤を晴らすように、朝子はがんがんとまくしたてる。けれど、なにひとつ刺さらない。最初のうちこそ呆気に取られていたが、あとのほうはあまりの理不尽な言いように右から左に聞き流してしまっていた。

慣れぬ外国生活で体調を崩し、妻として母としての役割を果たせない。それ自体はやむないことだと思うが、良妻賢母を自認していた朝子には忸怩《じくじ》たる思いがあったのだろう。その懊悩《おうのう》は想像ができる。だからといって学業のある娘の生活を、女子のあるべき姿を建前に罵《ののし》るのは理不尽がすぎる。

大人というだけでは、完璧な人間ではない。気鬱の状態の己に比して、異国の地でいきいきと過ごす娘に、朝子が鬱屈した思いを抱いても不思議ではない。あるいは病身の母親に対して、妃奈子にも無神経で思いやりのないふるまいがあったのかもしれない。

けれどもまだ幼若な娘がいきいきと暮らす姿に、安堵よりも嫉妬《しっと》を覚えるような母親にそこまでの罪悪感を持てるはずがなかった。

ひとしきりわめきたてたあと、朝子はようやく口をつぐむ。あまりにも興奮しすぎたためか肩で息をしていた。口汚い罵りにも、妃奈子がいっさい傷ついた様子を見せないことに唇を噛んで悔しがっている。

「妃奈子さん」

部屋の外で呼ぶ声がした。はい、と返事をして妃奈子は杉戸を開ける。

「何事ですか、騒々しい」

入ってきたのは、藪蘭だった。朝子はばつの悪い顔でそっぽをむく。そこはまず体裁として、娘がお世話になっていますと言ってくれと思った。そういうことにはそつがない人だったのに、それだけ興奮がおさまらないのか。

「ああ、来客中でしたか」

「恐れ入ります。母が面会に参りましたので」

妃奈子の紹介に、藪蘭は朝子をじろりと眺める。そうしてひどく素っ気なく言った。

「葉室さんのお宅の娘さんやね」

語尾に上方の訛《なま》りがあったことに、妃奈子は少し驚いた。年配の高等女官にはそれが普通だったが、きっちりとした言葉遣いの薮蘭はあまりそれが顕著でなかったからだ。

実家の話題に、朝子の眸にかすかな驕慢《きょうまん》の色が浮かぶ。それで彼女は、良くも悪くもいつものふるまいを取り戻した。

「娘がお世話になっております。私は葉室家のいまの当主の妹にあたる者です」

「知っていますよ。葉室さんは代々私の実家、以前の言葉で申しますと羽林家の格になりますが、そちらに文筆を以て仕えておられましたからね」

朝子の顔が強張った。彼女からすれば、気持ちのよい発言ではないだろう。常日頃から身分を鼻にかけていると、こういうときに人より痛い思いをする。お目見得の日に世話になった百貨店の髪結いは、内心では朝子の自慢話に呆れていただろうが、そもそも堂上家も名家もよく分からなかったようで、さらりと聞き流していた。

他人の自慢話など、普通はそういうものなのだ。自慢している当人が思っているほど、周りには響いていない。だから内心では呆れていても、適当におべっかを使って持ち上げてやる。

しかし恒常的に他人を見下している者は、自分が見下されることには敏感だからいちいち反応してしまう。そのうえで身分のしがらみから逃れられないから、自分を見下す相手には反論できない。

それでもなんとか一矢報いたいと思うのか、朝子は悔し気に声をしぼりだす。

「うちの娘は、色々とご迷惑をおかけしていないでしょうか？」

「いいえ。よくやってくれていますよ。御母堂の教育の賜物《たまもの》でございましょうね」

藪蘭の言葉に妃奈子は目を見開き、朝子はなんとも複雑な顔になった。


不承不承、朝子は帰っていった。

体裁上、見送らないというわけにもいかず、さりとて二人きりはきついので、鈴に付き添ってもらった。おかげでみっともないことにはならなかった。

出入り口の扉を閉ざしたあと、妃奈子はふうっと息を吐いた。鈴が心配そうに、こちらをのぞきこんでいる。

「ごめんなさいね。迷惑をかけて」

「いいえ。それより、女官長さんをお呼びしてよかったのですか？」

「助かったけど、鈴が言ってくれたの？」

判官女官は、典侍のような上位の高等女官とはあまり接さないから、話しかけにくかっただろうに。

「いいえ、高辻さんですよ」

「え？」

短く驚きの声をあげた妃奈子に、鈴はあのあとの応接室でのことを説明する。

やけに堂々とはしていたが、妃奈子の態度は絶対におかしかった。様子を見に行こうとした鈴に、純哉は藪蘭への取次を依頼した。とうぜんながら彼一人では、御内儀内を自由には歩けない。

藪蘭が御常御殿ではなく、女官長室にいたのも幸いだった。おかげで鈴の立場でもすぐに取り次ぐことができた。そうしてやってきた藪蘭に、純哉は掲載された写真を理由に様子を見に行ってくれるように依頼した。母親だから、写っているのが娘だと分かったのかもしれない。しかも妃奈子の反応からして、ちょっと複雑な関係のようにも思える。ややこしいことになる前に、本当のところを然るべき方から説明してもらったほうが良いのではと言うと、藪蘭は納得して引き受けたのだという。

「高辻さん、この件には自分もかかわっているので、これ以上迷惑をかけたら、妃奈子さんに申し訳がないと」

「そんな——」

妃奈子は反論した。

「あの件では、高辻さんはまちがいなく迷惑をこうむった側よ」

「私もそう思いますけど、妃奈子さんのことをたいそう心配しておられましたよ」

なにげない鈴の言葉に、ぽっと頬が熱くなる。ありがたいとか、嬉しいとかの思いはあるが、それを率直な言葉で口にすることは気恥ずかしい。

「そうなの。それで、高辻さんはまだ……」

「ええ。摂政宮様がまだお戻りになられていないので、応接室にいらっしゃいますよ」

鈴の答えに妃奈子の胸は高鳴る。頬は先刻よりさらに熱くなっている。それを鈴に悟られぬよう、少し顔をそむけたまま言う。

「じゃあ、お礼を言いに行こうかな」

何気なくを装ってはいるが、鼓動が聞こえてしまうのではと思うほど高まる。鈴がちょっとでも冷やかすようなことを言ってきたら、もう自然にふるまえないかもしれない。どぎまぎしながら鈴の反応を待つ。

「ええ、そうしましょう。きっと安心なさいますよ」

屈託なく鈴が言ったので、妃奈子は安堵の笑みを浮かべた。

この作品は、書き下ろしです。

〈著者紹介〉
小田菜摘（おだ・なつみ）
沖原朋美名義で『桜の下の人魚姫』が2003年度ノベル大賞・読者大賞受賞。2004年『勿忘草の咲く頃に』でデビュー。主な著作に「平安あや解き草紙」シリーズ、「後宮の薬師」シリーズ、「掌侍・大江荇子の宮中事件簿」シリーズなど多数。

帝室宮殿《ていしつきゅうでん》の見習《みなら》い女官《にょかん》

見合《みあ》い回避《かいひ》で恋《こい》を知《し》る!?

2024年1月16日　第1刷発行　　定価はカバーに表示してあります

著者……………………………小田菜摘《おだなつみ》

発行者…………………………森田浩章
発行所…………………………株式会社 講談社
〒112-8001 東京都文京区音羽2-12-21
編集03-5395-3510
販売03-5395-5817
業務03-5395-3615
KODANSHA

本文データ制作……………講談社デジタル製作
印刷……………………………株式会社ＫＰＳプロダクツ
製本……………………………株式会社国宝社
カバー印刷…………………株式会社新藤慶昌堂
装丁フォーマット…………ムシカゴグラフィクス
本文フォーマット…………next door design

ISBN978-4-06-532641-1　N.D.C.913　296p　15㎝

講談社タイガ

白川紺子

海神《わだつみ》の娘

イラスト

丑山 雨

娘たちは海神《わだつみ》の託宣を受けた島々の領主の元へ嫁ぐ。彼女らを娶《めと》った島は海神の加護を受け、繁栄するという。今宵、蘭《らん》は、月明かりの中、花勒《かろく》の若き領主・啓《けい》の待つ島影へ近づいていく。蘭の父は先代の領主に処刑され、兄も母も自死していた。「海神の娘」として因縁の地に嫁いだ蘭と、やさしき啓の紡ぐ新しい幸せへの道。『後宮の烏』と同じ世界の、霄《しょう》から南へ海を隔てた島々の婚姻譚。

講談社タイガ

傷モノの花嫁シリーズ

友麻 碧

傷モノの花嫁

イラスト
榊 空也

猩猩《しょうじょう》に攫《さら》われ、額に妖印《よういん》を刻まれた菜々緒《ななお》。「猿臭い」と里中から蔑《さげす》まれ、本家の跡取りとの結婚は破談。死んだように日々を過ごす菜々緒は、皇國の鬼神と恐れられる紅椿夜行《べにつばきやこう》に窮地を救われる。夜行は菜々緒の高い霊力を見初めると、その場で妻にすると宣言した。里を出る決意をした菜々緒だが、夜行には代々受け継がれた忌まわしい秘密が――。傷だらけの二人の恋物語が始まる。

講談社
タイガ

友麻 碧

水無月《みなづき》家《け》の許嫁《いいなずけ》2
輝夜姫《かぐやひめ》の恋煩《こいわずら》い

イラスト
花邑まい

水無月六花《みなづきりっか》が本家で暮らすようになって二ヵ月。初夏の風が吹く嵐山での穏やかな日々に心を癒《い》やしていく中で、六花は孤独から救い出してくれた許嫁《いいなずけ》の文也《ふみや》への恋心を募らせていた。だがある晩、文也の心は違うようだと気づいてしまい——。いずれ結婚する二人の、ままならない恋心。花嫁修行に幼馴染みの来訪、互いの両親の知られざる過去も明かされる中で、六花の身に危機が迫る。

講談社
タイガ

水無月家の許嫁シリーズ

友麻 碧

水無月家の許嫁3

天女降臨の地

イラスト
花邑まい

明らかになった水無月《みなづき》家の闇。百年に一度生まれる〝不老不死〟の神通力を持つ葉《よう》は、一族の掟で余呉湖の龍に贄子《にえこ》として喰われる運命にあるという。敵陣に攫われた六花《りっか》は無力感に苛まれるも、輝夜姫《かぐやひめ》なら龍との盟約を書き換えて葉を救えると知る。「私はもう大切な家族を失いたくない」嵐山で過ごした大切な日々を胸に決意を固めた六花は、ついに輝夜姫としての力を覚醒させる——！

講談社タイガ

探偵は御簾の中シリーズ

汀こるもの

探偵は御簾の中
同じ心にあらずとも

イラスト
しきみ

契約結婚から八年。ヘタレな検非違使別当《けびいしべっとう》（警察トップ）の夫・祐高《すけたか》は今更妻に恋をして盛り上がっていた。頭脳明晰な妻・忍《しのぶ》は夫の人間性を疑い、家出を決行。旅先で、賊に襲われた高貴な僧「蟬丸《せみまる》」に出会う。賊を追ってきた少将純直《すみなお》にも思惑がありそうで——。京《みやこ》を離れた初瀬《はつせ》で蠢《うごめ》く政争に忍が迫り、妻のもとへ祐高が駆けつける。平安貴族の両片思い夫婦に大団円は訪れるのか？